# オークションの女神

一色さゆり

双葉文庫

Auction list

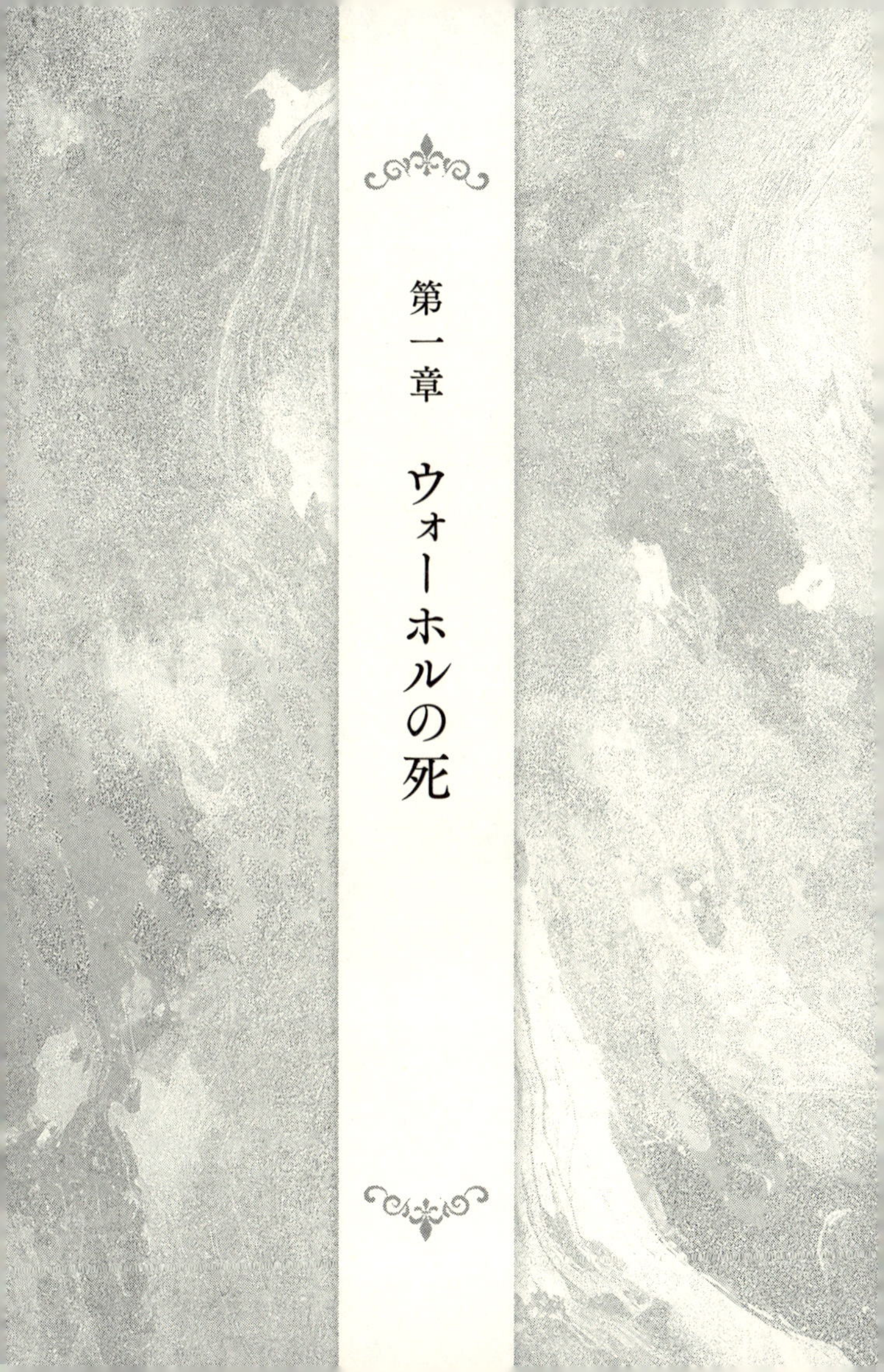

# 第一章　ウォーホルの死

見上げるほど巨大なカンヴァスの前で、小洗凜太郎は立ち止まった。

一九二枚の一ドル札が、造幣局の裁断機で切り分けられる前のシートのような状態で、モノトーンで刷られている。アンディ・ウォーホルの大作《一九二枚の一ドル札》だった。

凜太郎は水準器をカンヴァスの底面に当てて、水平を確かめた。やっぱりだ。小さな泡が中央から若干ズレている。あの人に気がつかれる前でよかった。すぐさまインストーラーにやり直しを依頼する。

そのとき、ポンという通知音が鳴った。

嫌な予感は正しく、あの人からのメッセージで眠気が吹き飛ぶ。

「準備は終わったわよね？」

まさか、こちらに向かっている？　ニューヨークへの弾丸出張を終えて、今朝着の便で羽田に到着したばかりなのに。出社は昼過ぎと聞いている。恐る恐る「ご出社ですか？」と確認すると「はい」とあって心臓が跳ねた。

「すみません、急いで仕上げてもらえます？　あの人が、冬城さんがまもなく来るそうなんです。間に合うでしょうか？」

「えっ、もう？　間に合いませんよ！」

うちで仕事をしている者ならば、冬城美紅——その名を聞いて、背筋が伸びない人はいない。事情を知った他のインストーラーも、すぐさま作業のピッチを上げている。現在九時。開場まであと二時間あるが、あの人が来るなら話は別だ。

ここは江東区有明の巨大複合ビルにある東京オークション、略して東オクの展示場だ。東オクは美術品を専門とする日本のオークションハウスで、オフィスもこのビルにある。つぎの日曜日に競売にかけられる作品は、今日から当日を含めた六日間、この内覧会で一般に公開される。今夜はオークションの成功を祈るために、出品者や入札者らを集めて、別会場にてパーティがひらかれる予定だった。

凜太郎は昨日から置きっぱなしにしていた工具やファイルを片づけ、設営用の資材を拾い集める。急いでエントランスの鍵を開けてガラスのドアを開放したとき、エレベーターホールでチンという音がして、心臓が跳ねた。

凜太郎がダッシュして出迎えると、美紅が現れた。高身長で手足もすらりと長いうえに、華奢で高いヒールを履きこなしている。上質なスプリングコートを手にかけ、黒いスーツは身体のラインによく合う。後ろにまとめたストレートの黒いロングヘアは、一本たりとも後れ毛がない。出迎えた凜太郎の挨拶に、サングラスを外して「おはよ」と短く答える。

「羽田から到着してまっすぐこちらに？」と、遠慮がちに探りを入れる。

「社長から呼びだされたの。設営は？」

「順調です」と、凜太郎は報告しようとするが、美紅は構わずに会場を見回す。

「ここのキャプション、サイズ表記が縦横逆よ」

いつそんな暇があるのかと驚くほど、いつも完璧にネイルされた美紅の指先は、ウォーホルの《一九二枚の一ドル札》の右脇にあるキャプションに向けられていた。うろたえながら近づくと、縦×横の順で一八九×二四二センチ――たしかに間違っている。恥ずかしいくらい単純なミスだ。

「すみません、すぐ修正します！」

「それから、この辺りの壁」と言いながら、美紅は会場を歩きはじめる。「作品が詰まりすぎだから、もっと間隔を空けて。あと、あの椅子はどこから持ってきたの？　もっとマシなやつに替えて」

美紅は鋭い指摘を一気に言いつのった。海外出張から戻ったばかりなのに、疲労をまったく感じさせない。

「今からですか」

「まだ時間あるでしょ」

「はいっ、すぐにやります！」

凜太郎の十歳年上である美紅は、決して横柄な態度をとらず、話し方も静かで、声を荒らげられたことは一度もない。それなのに誰よりも迫力があり、有無を言わせずに人を従わせる。つぎつぎに指示され、メモは何ページにもわたった。

「一気に言って悪かったわね。最後にもうひとつ。そのスーツ、どこで買った？」

思いがけない指摘に、凜太郎は自らの装いを見下ろす。

「えっ？　数ヵ月前、韓国旅行でふらりと立ち寄った、路地裏のショップで買ったものです。ブランド品のわりには安くて、個性的なデザインが良かったので、いずれパーティに着ていこうととっておいたんですが」

「脱ぎなさい」

「へっ？」

「それ、パクリよ」

美紅の話によれば、有名ブランドの去年の新作を模倣したバッタものらしい。

「どうしてわかったんです？」

美紅は凜太郎の襟元を摘まんだ。

「すぐわかるわよ。細部の仕立ても甘いし、生地だって悪い。代わりのスーツはあるわよね？」

以前、セールス中はスーツを何着か準備するように美紅から指示を受けていた凜太郎は「はい」と答える。それにしてもよく気がつくものだ。

「じゃ、凜ちゃん、くれぐれもよろしく」

いくら厳しくとも、〝凜ちゃん〟と呼ばれると、妙に安堵させられる。あなたのことを認めているのよという真意が混じっているのか、単に凜太郎をコントロールするためなのか。他人をすぐにあだ名で呼ぶ美紅の癖は、さまざまな解釈ができる。すでにエレベーターホールに戻った美紅の、相変わらずの美脚と堂々たる歩き姿に見惚れながら、凜太郎はため息を吐いた。


同じビルの九階にある東オクの事務所では、三十名ほどのスタッフが働いている。そのうち十人ほどがアートの専門家で、スペシャリストと呼ばれる。彼らは国内外から集まった作品に予想落札額をつけ、好みそうな顧客を競りに誘うのが仕事だ。

美紅はたたき上げのスペシャリストであり、女性としては唯一のマネージャーという部長級の肩書も得ている。総売上額が年間でもっとも高くなることが予想される、今週末のセールスを取り仕切るのも美紅だった。そんな美紅のアシスタントを務めてまだ数ヵ月の凜太郎は、まだまだ半人前で緊張が抜けない。

「ご指摘も含めて、なんとか準備が終わりました」

斜め向かいの席でパソコンに向かっている美紅は、たい焼きをコーヒーのお供にしていた。朝ごはんなのか、そのデザートなのか。美紅の好物は、パティシエの作る高級スイーツなどではなく、意外にも、薄皮まんじゅうや豆大福など庶民派の和菓子だった。

「凜ちゃんは頭派？　それとも、尾びれ派？」

どちら側から食べるのか、という意味か。

さらなるミスの指摘ではなくてホッとするものの、凜太郎は返事に窮した。美紅はいたって真面目な顔をしている。

「頭……でしょうか」

「それだと最後が物足りなくなるじゃない」と、美紅はこの日はじめて不服そうになった。

そのとき、背後から声をかけられる。

「二人とも会議室に来てくれるか？」

ふり返ると、栗林隆史社長が立っていた。六十歳という年相応に髪は薄く、体形も崩れているが、エネルギッシュな人となりで若々しい。若作りでもなく、おしゃれや健康に気を遣っていることが伝わる外見だった。

「無理です」と、美紅は即答する。

「忙しいのか？」

「はい。たい焼きを食べています」

「おいおい冬城、バッド・ジョークが過ぎるぞ」と、社長は肩をすくめた。

美紅は名残惜しそうにたい焼きを置き、ウェットティッシュで手を拭きながら立ちあがる。二人で慌ただしいオフィスを横切り、会議室のドアを開けると、栗林社長が渋い顔をして待っていた。向かい合うように二人は並んで腰を下ろす。

「設営の方は無事に終わったようだね。二人ともよく頑張ってくれた」

表情とは裏腹に、その口からは労いの言葉が出た。褒めて伸ばす、という社長の方針はありがたい。凜太郎は「いえ」と元気よく笑顔で答える。シゴデキな美紅の厳しさが鞭なら、年長者の社長の余裕は飴に違いない。二人は長い付き合いらしく、息がぴったりで信頼も寄せあっているようだ。どういった経緯で、美紅ほどの人材が東京オークションに勤めているのかというのは、ずっと気になっている。

「じつは爆破予告があったんだ」

言葉が出てこない凜太郎の傍らで、美紅が冷ややかに答える。

「小耳に挟みました。そもそも前から思っていたんですけど、こういう犯人は、なぜわざわざ予告するんでしょうね？　本当に爆破を成功させたいなら、誰にも知らせず実行すればいいのに」

「エクストリームなことを言うな、冬城」

社長は外資系で長らく働いていた経歴から、会話の端々に英語が挟まる。しかもやたらと発音がいい。

「本当に爆破させる気なんてないってことですよ」と、美紅は腕を組む。

「そうとは限らないだろ？　万が一という可能性もある。これから警察と相談し、全員を集めて緊急会議をひらくつもりだ。個人的にはオークションを決行したいと考えているが、どうなることやら」

頭を抱えた社長に、凜太郎は動揺しながら訊ねる。

「あの、いつ爆破予告が？」

「昨夜だよ。日曜日のオークションを中止にしなければ、会場に爆弾を仕掛けるという旨のFAXが匿名で届いた」

「FAXなら、すぐに発信者の名前や番号がわかりますよね？」

美紅の指摘に社長は肯く。

「同じ江東区のコンヴィニエンス・ストアだった。警察が今捜査をしてくれている。ただ、不特定多数が出入りする場所から発信された場合、防犯カメラの映像だけでは、犯人特定につながらないケースも多いそうだ」

「顔がうつらないように気をつけるでしょうしね」

社長はまた肯き、眉をひそめて答える。

「まいったよ。よりによって、今回のセールスだとは」

東京オークションの経営が厳しいというのは、勤務経験の浅い凜太郎も賞与（ボーナス）の低さなどで知るところだった。バブル期に創業された会社だが、一貫して業績は低迷し、日本の美術市場もまた縮小傾向にあるので、いつ潰れてもおかしくない。

そんななか、今回のセールスでは、美紅の尽力もあって、アンディ・ウォーホルの傑作をはじめ魅力的な作品が久しぶりに集結していた。ここで落札額の記録をつくれば一気に上昇回復もねらえる。それなのに爆破予告だなんて。

「誰がそんなことを」

凜太郎が呟（つぶや）くと、美紅は不敵な笑みを浮かべた。

「まぁ、こういう爆破予告をしてくる人間は往々にして、イベントの関係者か、お客さんである可能性が高い。ですよね、社長」

肯きあう二人に、凜太郎は狼狽（うろた）えながら「そんな人、います？」と訊ねる。

「あやしい人なら数知れず。この業界は欲にまみれた、食うか食われるかの世界よ。のどから手が出るほど欲しい作品を逃してしまう人もいれば、予算をはるかに超えた莫大な金を注（つ）ぎこむことになってしまう人もいる。そして、うちに作品を提供してくれる人のほとんどが、死（Death）、離婚（Divorce）、借金（Debt）の３Dをきっかけにしている。不幸に見舞われた人たちのところに、ハイエナのように寄っていっては、優れた思い出の品をかっさらっていくのが私たちの仕事だからね。どこで恨みを買っているかわからない。

それでも、凜ちゃんはうちに爆破予告をする人なんて、誰一人いないと思うの？」

よどみなく言ってのけた美紅に、凜太郎は返す言葉が見つからなかった。

「なんだか急に、罪深いことをしている気が……」

「遅いわね」

そういった取りつく島もないクールな態度こそ、誰かの恨みを買うのではないか。

社長が咳払いをした。

「とにかく警察とのやりとりは任せてくれ。セールスまで多少時間の猶予があるから、犯人が見つかることを祈ろう。こういう犯罪は年々増加傾向にあって愉快犯も多いようだし、厳重な警備など十分な対策をとれば、必ずしもイベントを中止しなくてもいいだろう」

美紅は肯き、席を立とうとする。

「待ってくれ。あともうひとつ、用件がある」

「なんでしょう？」

「今夜のパーティだが、冬城たちに対応してほしいクライアントがいる。昨日問い合わせてきた、富永姫奈子（とみながひなこ）という令嬢だよ」

「富永グループの？」

美紅が間髪をいれずに訊ねると、社長は「そうだ。うちとははじめてだな」とほほ笑む。

「あの、富永グループって？」と、凜太郎は遠慮がちに挙手して問う。

「日本有数の資産家一族であり、数々の大企業の株主でもある。単純に言えば、ＶＩＰ中のＶＩＰってところかしら。聞いたことないの？」

「申し訳ありません」

凜太郎は身を縮めて、頭を下げる。両親ともに日本人だが、物心つく頃から大学卒業までずっとアメリカにいた、いわゆる帰国子女だ。英語力を買われて入社できたのだが、日本の一般常識に乏しいのが弱点である。

「その令嬢は長女で二十六歳。小洗と同世代か？」

「同い年です」

「だったら、話も合うかもしれんな。姫奈子さんはアートを買うのははじめてらしい。丁寧なサポートを頼んだ。これを機に、うちと富永グループとの特別なリレーションシップをつくりたい」

美紅が黙ったまま肯くとなりで、凜太郎は「頑張ります」と奮い立つ。令嬢というのは魅惑的な響きだ。中流階級の家で育ったうえ、まだお金持ち相手に接客したことが少ない凜太郎は、これを機に人脈を築きたいと考えていた。それに、どんなに素敵な人たちなんだろうと期待が膨らむ。

「凛ちゃん、水をさすようだけど、あまり期待しない方がいいわよ」

こちらの心を見透かしたようにじっと見られた。

「えっ、どうしてです？」

「すぐにわかるわ」

それだけ答え、美紅は会議室を出ていった。

＊

富永姫奈子は、パーティ会場に向かっている最中から機嫌が悪かった。

理由はいくつかある。まず、ワンピースがきつかった。先月デパートの外商の口車に乗せられて、二十八歳になる自分への誕生日プレゼントとして買ってしまったが、やっぱり自分のぽっちゃり体形には苦しい。代わりにゆったりしたワンピースを一週間前にネットで購入したのに、届いてすぐに三歳下の妹に勝手に持ち出されてしまった。スタイルのいい妹には大きいだろうに、返してほしいと急かしても、クリーニングに出しているとの答えだったが、嫌がらせとして返したくないだけに違いない。

他にも、生理前で化粧ノリが悪いこと、雨天で髪がまとまらず肌寒いこと、さまざまな要因が重なって、姫奈子はパーティに出かけるのが億劫だった。タクシーがホテルのエントランスに到着したとき、強風のせいで雨が吹きこみ、顔に派手にかかった。最悪だった。姫奈子は礼も告げず、ただ運賃だけ払ってタクシーを下車した。

「富永さま、いらっしゃいませ」

このホテルの料亭には家族でよく食事会に来るので、顔は覚えられている。ただし姫奈子が笑顔を向けることはない。エレベーターで最上階にあるレストランに向かう。貸し切りらしく入口のところで名前を告げると、一人の女性が現れた。

「はじめまして、冬城美紅と申します」

美しいお辞儀をしたのは、背が高く、きりっとした顔立ちの女性だった。光沢のある上等そうな黒いスーツに身を包んだ立ち姿は、宝塚の男役を連想させる。となりに立ちたくない、と真っ先に思う卑屈な自分がいた。

「弊社にお問い合わせいただき、お礼申し上げます」

「東京オークションに興味があるわけではなく、私は単に、ウォーホルの《一九二枚の一ドル札》が欲しいだけです」

面白くない気分で冷たく答えると、美紅のとなりに立つ男性が、小さく息を呑むのがわかった。

「もちろんでございます」と、美紅は笑顔を崩さずに答える。「こちらは、今回私とともににご対応させていただきます、小洗凜太郎です」

「よろしくお願いします」

満面の笑みでお辞儀をした凜太郎は、自分より年下のようだ。まさか、こんな若い人に主に任せるつもりじゃないだろうか。もしかして、侮(あなど)られている？

「姫奈子さまのお目当ての作品の入札については、僕たちが全面的にサポートをするので安心してください」

いきなり下の名前で呼ばれたうえ、〝僕たち〟という言葉遣いが気になった。外資系というわけでもないのに、礼儀がなっていない。不快感が表情に出たらしく、上司の美紅がすかさず凜太郎に「富永さま、でしょ？　あと僕たちじゃなくて、私ども」と小声で厳しく注意し、こちらに向かって「たいへん申し訳ございません。まだ勉強中でして」と深々と頭を下げた。凜太郎は謝罪しながらも、めげずに笑顔でこちらを見つめ返し、姫奈子は調子が狂って目を逸らした。

「別にいいわ、僕でもなんでも」

レストランに入っていくと、絨毯(じゅうたん)が敷かれた店内は、ワイングラスを片手に談笑する人たちで賑わっていた。いつのまにか、美紅は別のグループに声をかけられ、そちらの対応をしている。

「富永さま、お食事でもいかがですか？　よければ、なにかお持ちしますよ」

凛太郎の気遣いは、服がきつい姫奈子には余計だった。

「けっこうよ。ダイエット中なの」

正直に答えてしまい後悔する。ダイエットした結果そんな体形なのかと馬鹿にされそうだからだ。被害妄想だと自覚するくらい、姫奈子は他人から馬鹿にされることに敏感なのだ。しかし凛太郎の反応は、まったく素直なものだった。

「お気持ち、よくわかります。僕も今日のパーティのために減量していたので」

「そうなの？　だったら、単に、あなたが食べたいだけなんじゃないの？」

「バレました？」

凛太郎は頭に手をやり、楽しそうに答える。表情豊かかつフレンドリーで、よく気が回るけれど、どこか変わっている。女の自分よりも乙女な感じがするし、空気を読まない印象がある。こちらが嫌味を言っても、のれんに腕押しで拍子抜けするのだ。

「小洗さんは働いて長いの？」

「いえ、三年目です。その前は学生でした」

爽やかな笑顔に赤面した。案外、可愛いじゃない。よく見ると、うっすらとメイクをしていて、肌つやはこちらの何倍もいい。アイドルみたいでどきどきする。

しばらく別の客と話していた美紅がやって来て、こう提案する。

「他のコレクターさんをご紹介させてください。みなさん、富永さまとお話ししたいそうですから」

「……いいけど」

社交は苦手だが、富永家の評判を落とすわけにもいかないので、姫奈子は肯いた。

美紅はレストランの奥へと案内した。集まって談笑していたのは、長年コレクターをしている老夫婦と、アート関係の出版社で働いている男性二人組。そして、サラリーマンとしてアートを収集している安村という男性だった。美紅はにこやかに一人ずつ紹介する。

ワイングラスを片手に持った安村は、社交に慣れた様子ですれ違う人みんなと挨拶を交わしていたが、こちらが富永家の娘だと知ったとたんに目の色を変えて、人なつこい口調で質問を浴びせた。

「富永家はやはり、名画をたくさんお持ちなんでしょうか？　お目当ての作品はもうお決まりですか？」

「ええ、まぁ」

すると姫奈子が訊いてもいないのに、ぺらぺらとしゃべりはじめた。

「オークションでは、熱くならないのが肝心ですよ。最低限の手数で落とすのが理想的なやり方です。あとは、内覧会も明日以降よく下見しておくことをおススメしますね。カタログで見ていい作品だなと思っても、実物に対峙したらガッカリなんてこともよくありますから。で、ご予算はどのくらいなんです？」

安村の不躾（ぶしつけ）な質問に、姫奈子は黙りこむ。

「おっと！　こりゃ、失敬。酔うとつい余計なことを言ってしまうんです。ご令嬢とお話しできるのも嬉しくて。でも富永家ともなれば、予算という概念はないですわな」と、安村は大袈裟（おおげさ）に笑った。

下品な人だな、と冷めた心で思った。金持ちの社交の場ではうんざりするほどいて辟易しているが、こんな所にもいるとは。抗議するつもりで、となりに立っている凜太郎の方を見る。しかしいつのまにか、凜太郎はさらにとなりの老夫婦と談笑していて、美紅も数メートル離れた別のグループに移動していた。ただし凜太郎とは違い、美紅は背中に目がついているかのように、姫奈子の視線に気がつき、ふり返ってほほ笑んだ。

「オークションには、女神がいるんですよ」

唐突に、安村の声がした。美紅を見つめている。

面食らいながらも、姫奈子は「女神？」と訊き返す。

「通常オークションは水物であり、どんなに期待を込めても不落札に終わったり、どんなに大金を積んでも希望の作品が手に入らなかったりする。しかしごく稀に、オークションの女神を味方につけたとき、作品を渡したい者、手に入れたい者、つくった者、みんなが奇跡的に幸せになれる」

「冬城さんが、その女神ってことですか？」

「そう言うと、大袈裟に聞こえるかもしれませんが、美紅さんが関わったオークションでは、当初はそう見えなくても、なんだかんだで出品者も落札者も幸せになるっていう都市伝説があるんですよ」

「だから神様ってこと？」

姫奈子は腑に落ちなかった。お客様こそ神様ではないのか。今まで姫奈子は大きな買い物ほど、こちらが神様の立場だと信じて疑わなかった。しかしオークションの世界では、そうではないということなのか。大金を払うのはこっちなのに、いったい何様だ、偉そうに。きちんと対応してくれたはずの美紅に、わけもなく腹が立ってきた。

それに、安村をはじめ他のコレクターの話を黙って聞いているが、てんでついていけないのも居心地が悪い。教養や人生経験が十分にあるわけでもない姫奈子は、好きな作家や作品以外よく知らないし、場を盛りあげる話術だってない。だから姫奈子は、さっさとその場を離れた。

早く帰りたい。化粧室の鏡にうつった自分の姿は、むくんでいて不機嫌そうで、さらに憂鬱になる。甘やかされて育ちながらも、親から愛情や関心を向けられたという自覚のない姫奈子は、わがままな一方で自己評価が低い。どうせすぐ人からも嫌われると思っていた。だからついつい相手を否定的に見てしまう。

化粧室から出ると、レストランの前で一人の男性がスマホで通話をしていた。一ヵ月ほど語学留学をした程度の姫奈子では、到底聞きとれないネイティブの英語である。しかし顔立ちはアジア的でもある。パープルのスタイリッシュなスーツに身を包み、高級な香水がきつく漂ってくる。どこか日本人離れしたその男性が、ふとこちらを見た。ちょうど通話を切って、笑顔になる。

「富永姫奈子さま、ですね？」

いきなり名前を呼ばれ、面食らう。

「私はアイザック・ホワイト。キャサリンズの東京支店長です」

キャサリンズ――東京オークションに問い合わせたあと、少しだけ他も調べると、真っ先に出てきた会社だ。キャサリンズは英国で創設された世界的企業であり、一流の名画や現代アートの傑作を競りにかけて、落札最高額を更新しつづけてきたらしい。どうせなら信用度の高いところで買い物をしたいので、ウォーホルの《一九二枚の一ドル札》が出品されるのも、東オクではなくキャサリンズならよかったのにと思った。

目の前でかすかにほほ笑みをたたえるアイザックという男も、切れ者という感じで自信に溢れ、華やかなオーラを放っている。

「どうして私の名前を？」

「あなたのお父さまには、大変お世話になっております。今回、富永さまが東京オークションで入札なさるという噂も、耳に入っておりました」

「そうでしたか」


もう知られているんだ、と姫奈子は少し驚く。キャサリンズにはあちこちから情報が集まるというのは本当だったのだ。

「キャサリンズも現在、日本のアート市場を開拓しており、東京支店を置いたばかりでございます。近くセールスも予定しているので、ご実家にカタログをお送りしますね。ぜひオフィスにも遊びにいらしてください。富永さまには、とっておきの作品をご案内させていただきますよ」

気さくに言って、アイザックは手を差し出した。姫奈子は自然と握手に応じていた。

＊

午前十時、凜太郎がギリギリで出社すると、この日もすでに美紅の姿があって、凜太郎はぎくりとする。今朝の美紅はみたらし団子を食べているが、その表情は険しく、抱えている商談が順調ではないのだろう。凜太郎は緊張しながらパソコンを開き、しばらく黙々と事務仕事を片づけた。

「昨日のホテルにさ」

とつぜん声をかけられ、凜太郎は慌ててメモを手にとる。

「はいっ」

「愛作(あいさく)がいたわね」

美紅はいつも彼を、愛作という日本名で呼ぶ。

「申し訳ありません。まさか同じホテルで、キャサリンズがパーティをするなんて。うちの方が早く予約したとはいえ、確認不足でした」

「つぎからは気をつけなさい。今回は大したことじゃないけどね」

「そうでしょうか。お客さまを横取りされるかもしれません」

「フッ、だったらそれまでの客よ」

美紅は歯牙(しが)にもかけていないらしい。

ホワイト愛作は、アメリカの名家の生まれで、芸術家の親戚も多いらしい。キャサリンズで敏腕スペシャリストとして活躍し、四十代前半で最近キャサリンズの東京支店長に抜擢(ばってき)されたというエリートでもある。

東京オークションにとっては、ただでさえ痩せ細った日本の美術市場を奪いあう、競合組織のトップであった。これまでも愛作は、美紅が担当する《一九二枚の一ドル札》を元々所有していたコレクターに近づいてキャサリンズに出品しないかと口説いたり、なにかと邪魔をしてきていた。

「アイザックって、なにかと東オクをライバル視してません？」

「そうかしら」

「前から不思議だったんです。キャサリンズから見て、東オクなど相手にならない弱小会社のはずなのに。どうしてなんだろ」

そこまで言って、凜太郎ははたと気がつき、両手で口を覆う。

「もしや、美紅さんのことが好きなんでしょうか」

「飛躍しすぎよ」

じろりと睨まれ、凜太郎はそりゃそうかと考え直す。

――この業界は欲にまみれた、食うか食われるかの世界よ。

美紅から言われたことが頭をよぎった。昨日参加したパーティに、爆破予告の犯人がいたかもしれないのだ。あの場に集まったうちの誰かが、笑顔の裏で爆弾をしかけるつもりだったらと想像するだけで背筋が冷たくなる。その後、社長が警察とのやりとりを進めているが、爆破予告の犯人はまだわかっていないようだ。今の自分にできるのは、万全の態勢を整えることしかない。

「とにかく、今回のセールスは成功させたいですね」

「燃えてるわね。うまくやれそう?」

美紅はパソコン画面から目を離さずに訊ねてくる。

「姫奈子さんですか? 申し訳ありませんが、正直、自信はありません……第一印象はきっぱりと自分の意見を言う堂々とした女性かと思いましたが、急に帰ると言われたりして、よくわからないというか、接し方が難しいというか」

「凜ちゃん、眉間（みけん）のしわは消えにくいわよ」

「いけないっ」と、凜太郎は慌てて人差し指と親指で、眉間の皮膚を伸ばす。「だって姫奈子さんはパーティでも終始、不機嫌そうだったじゃないですか。僕が失礼なことをしたでしょうか。挙げ句、アイザックと名刺交換までしていたみたいだし、金持ちの心情ってわからないものですね」

「あら、噂をすれば、なんとやら」

　スマホの画面を向けられた。富永姫奈子からのメールらしい。

「昨日いつでも連絡してって言われたので、早速ですが、どうしても探してきてほしいものがあります」

　そのあと、目当ての品の詳細な説明がつづいた。尾形乾山（おがたけんざん）の茶碗で、大きければ大きいほどよく、色味が鮮やかで草花が描かれたものがよいとか。

「めちゃくちゃ難題じゃないですか！　そんなの、簡単に手に入るものですか？　っていうか、なんでオークションハウスの僕たちが探さなくちゃいけないんです？　今はセールス直前で、目が回るくらい忙しいのに」

　美紅は顔色ひとつ変えず、すでにスマホで返信を打っている。

「承知いたしました、と」

文面を声に出したあと、美紅は凜太郎の方に笑顔でくるりと向き直った。

「あとは頼んだわよ、凜ちゃん」

あだ名で呼ぶことは、やはり戦略のひとつに違いない。


他の仕事を脇に置いて、凜太郎は銀座のあらゆる骨董店に、手あたり次第に問い合わせの電話をかけた。そのうち、三、四軒の骨董店では、乾山の取り扱いがあるといい、実際に足を運んだ。しかしいくら銀座の骨董店を梯子しても、なかなかよいものと出会えない。そのことを報告すると、美紅から「泣き言はいらないわ。つづけて頑張って」と叱咤激励され、さらに探し回った。

ようやく最高の一点を見つけだしたのは八軒目だった。梅の文様が施された名品で、店主も簡単に手放すことを渋っていた。なかなか首を縦にふらない店主と、美紅に電話口で交渉をしてもらい、少し予算をオーバーしながら、ついに姫奈子の許可を得て支払い手続きを終えた。

姫奈子が有明のオフィスにやってきたのは、午後四時を過ぎた頃だった。後回しにしていた仕事のしわ寄せで、凜太郎はパソコンの前に縛りつけられるかのような忙しい状態だった。受付から姫奈子の訪問を知らされると、早く手渡してデスクに戻らねばと焦りながら、鳴りつづけるスマホを置いて、姫奈子を応接室へと案内した。

「ご希望通りの一点だと思います」

姫奈子は紐をほどいて桐箱を開け、中身を取りだす。緑の鮮やかな釉薬が目を惹く、片手では支えきれないほど大ぶりの茶碗だった。凜太郎の目にも名品にうつるので、さぞかし満足してもらえるだろう。そう思いながら姫奈子を見て、凜太郎はぎょっとしてしまう。仏頂面だった。昨日よりもさらに不機嫌そうなのは、なぜ。

「お気に召さないですか？」

「いえ。作品自体に問題はないわ。どうせわからないし支払いもしちゃったし。ただ、どうやって入手したのかを教えてほしいの」

「どうやって？　メールでもお伝えしました通り、銀座の骨董店を方々回りまして――」

「そうじゃなくて、私は冬城さんに頼んだのよ」

言われたことの意味がわからず、凜太郎は数秒、沈黙したあとで訊ねる。

「冬城ではなく、僕が代わりに店に行って買ってきたことが、お気に召さなかったのでしょうか？」

「他になんの理由があるっていうの」

「よくわかりません」と、凜太郎はますます混乱する。

姫奈子は挑むような目で、顔を赤くして声を張る。「とにかく、あの人をここに呼んで」

狼狽えながら、凜太郎は訊ねる。

「冬城を、ですか？　今は別のミーティングに入っていますが」

「いいわよ、待ってるから」

姫奈子の姿勢からは、革張りのソファから立ちあがる気はないという固い決意が感じられた。仕方なく凜太郎は席を外して、美紅がミーティングをしている別の部屋へと走った。話し合いの最中だった美紅に状況を耳打ちすると、「わかった、行くわ」と意外とあっさり答えた。

五分後、美紅は慌てるふうでもなく、優雅に現れた。姫奈子は姿を見るなり、挨拶もなしにまくしたてた。

「作品を探してって、あなたにお願いしたのよ。それなのにどうして、あなたが対応してくれなかったの？　説明してちょうだい」

傍らで同席している凜太郎は、胃の辺りがきゅっと摑まれた心地になる。カスハラまがいの言いがかりをつけられ、姫奈子が恐ろしいのではない。美紅に対して、理不尽に牙をむくなんて、どれほど命知らずなのだろうという理由からだった。美紅はとくに反論もせず、ほほ笑みを絶やさないが、それが一層恐ろしい。やがて戦意を削がれたのか、姫奈子は口数が減っていく。

「だから……その……私が言いたいのは……」

　見本といってもいいくらい美しい姿勢で、美紅は黙って耳を傾けている。さすがの姫奈子も、無言の迫力に圧されている様子だった。凜太郎は耐えられなくなり、横から割って入る。

「大変申し訳ありません。富永さまのお気持ちは重々わかりました……でも冬城とも、逐一連絡をとりながら店や作品を探しました。本作が手に入ったのだって、冬城が旧知の骨董商に口添えしたからなのです」

「それはもうわかったわよ」

「でしたら、なにがご不満ですか？」と、美紅は感情の読めない声で訊ねる。

「とにかく、私はあなたに足を動かして探してきてほしかったの！　これ以上、言い訳をするなら、今回の入札だってやめてもいいのよ。だって私は大口のお客さまだもの。あなたは私の言うことを素直に聞く立場でしょ！」

　美紅は黙って、姫奈子を見つめている。

「引き止めないの？」

　沈黙。焦れるように、姫奈子は唾を飛ばして言う。

「富永家の娘なのよ？　資金だって、そんじょそこらのコレクターの何倍もある。本当にいいのね？」

その声は応接室の外まで響いたに違いない。

「身の程知らずはいけませんね」

落ち着いた声色ながらも衝撃的な美紅の一言は、自分に向けられたわけでなくても凜太郎を縮み上がらせた。不穏な空気になってもなお、美紅は美しく厳しい態度を崩さない。

「いくら資金をお持ちでも、美に寄り添う心がなければコレクターとしては二流でございます。それに、私のモットーは去る者は追わずです」

姫奈子の口があんぐりと開いていた。

つぎの瞬間、姫奈子は乱暴に乾山作品を桐箱に戻し、領収書も含めて紙袋に入れたあと、小脇に抱えた。そのままなにも言わずに、応接室を出ていく。うつむいているが、目の辺りがかすかに光っていた。

「大丈夫でしょうか？」

追いかけようとする凜太郎を、美紅が制止する。

「放っておきなさい」

たしかに今、追いかけたところで姫奈子の怒りを鎮められるとは思えない。それに今更、別の作品を探す時間的な余裕など、どこにもなかった。しかし凜太郎はほんの少し姫奈子に同情してしまった。去っていく姫奈子の横顔が、ひどく寂しそうだったからだ。

*

タクシーの車内で、姫奈子は涙を拭った。涙が出るのは、もちろん、東京湾の絶景に心動かされたせいではない。ただ、腹が立つからだった。ムカつく。なんなのだ、あのオバサンは。思い出すだけで怒りが湧いてくる。

――コレクターとしては二流。

美紅は感情の読みとれない美しい顔で、そう言い放った。

あんな言い方をするなんて馬鹿にするにも程がある。こちらが年下だから。働いた経験もないから。でも悔しいけれど、美紅の言う通りまるで一流ではなかった。コレクターとしても人としても。自分はただ、富永家の一員というだけで何者でもない。使っているお金だって自分が汗水垂らして稼いだわけではない。才能も美貌も、残念ながら教養もない。こんなふうに自分のことを語ろうとすると、否定ばかりが並ぶ。

それでも、姫奈子は生まれ変わりたかった。生まれ変わるために、ウォーホルの《一九二枚の一ドル札》が欲しかった。はじめはあれを手に入れれば、「富永家の令嬢でしかない自分」ではなく「ウォーホルの傑作を持っている自分」になれると思ったからだが、今はもっと強い理由がある。誰にも言えない理由が――。

フロントガラスの向こうに、見慣れた門が現れた。

「到着いたしました」

ライトアップされた西洋造りの建物は、はじめて訪れた人に城を模したホテルかなにかとよく間違われるが、姫奈子の実家――富永家の邸宅だった。コンパクトミラーで涙の影響がないことをちらりと確認してから、タクシーを降りる。通用門をくぐって、庭を通りすぎ、玄関のドアを開けると、外より寒く感じられた。もちろん冷暖房は完備なので、ただ自分の感じ方のせいだ。実家に帰るたびになぜだか手足が冷たくなる。くつろげる場所だと思ったことは、物心ついてから一度もなかった。

「おかえりなさいませ」

白いシャツを着た老齢の使用人が、迎えにきて荷物を受けとる。姫奈子がこの家を出て、都内のマンションで一人暮らしをはじめたあとに雇われた女性だ。きちんと話をしたことは一度もない。

リビングのドアを越しに、耳障りな笑い声が聞こえてきた。妹、愛子(あいこ)の声である。

ドアを開けると、まるでマイホームの広告のような光景が目に入った。

去年生まれた甥っ子を中心に、愛子とその夫、そして父、富永酉之介(とりのすけ)がソファでくつろいでいた。近くには専属のベビーシッターが控えており、愛子はメイクもヘアスタイルも新生児を育てているとは思えない完璧さだ。

「おかえり」と西之介から声をかけられたものの、その空間に姫奈子の居場所はどこにもなかった。ドアの前に立ったまま、所在なく「ただいま」と返事をする。

「また遅刻？ せっかくのパーティなのに」

そう声をかけてきたのは、テーブルについてワイングラスを傾けていた、愛子の実母でまだ四十代半ばの響子（きょうこ）だった。

「すみません、響子さん」と、姫奈子は答える。

姫奈子が響子のことを「お母さん」と呼んだことは一度もなかった。二人のあいだに血縁関係はない。姫奈子の実母は、五歳のときに病気で亡くなった。実母の葬式のあと、腹違いの妹として家にやってきたのが二歳だった愛子である。響子は年若き後妻として迎えられたが、じつは実母の生前から西之介の愛人だったのだ。

「姫奈子さんは最近、どうしているの？ 愛子の出産祝いパーティも欠席して」

響子が笑みの下で皮肉まじりに探ってくる。

「別に、これまで通りです」

「またそんなこと言って、お見合いもせずに暇を持て余してるんじゃないの？」

余計なお世話だ、という一言は喉の奥に留まった。

「お母さん、そんなことないわよ。お姉ちゃんだって最近、アートのコレクションをはじめるって言ってたもんね？」

　わざとらしい口調で、愛子がこちらに話題をふる。

「へぇ、アート・ファンドってやつ？　僕も興味あるな」と身を乗りだしたのは、富永グループの上層部で働く義弟だった。若くて見た目もよく辣腕という評判だ。つまり婿養子としては申し分ない相手だった。愛子は伴侶選びにも抜かりがない。

「アートのコレクションねぇ。姫奈子さんに審美眼なんてあるの？　そんなギャンブルみたいなこと、母親としては賛成できないけど」

　母親、という言葉にざらつきを感じた。

「もういいだろう。今日は祝いの席なんだから」

　西之介が立ちあがり、使用人の女性に目配せをして、テーブルにつく。他のメンバーが無言でつづいて、全員が着席したところで飲みものが給仕された。この日家族が集まったのは、西之介の六十一歳の誕生日会のためだった。とはいえ、パーティの主役は実質的に父ではなく、愛子や生まれたばかりの初孫だった。テーブルで飛び交う会話も二人のことが主で、姫奈子はいてもいなくても同じだった。

　トイレに立ったタイミングで、愛子が追いかけてくる。

「ねぇ、お姉ちゃん。あれ、買ってきてくれた？　コップ」

腕を引っぱられ、耳打ちされる。

「うん」と、姫奈子は目を合わさずに答える。姫奈子も大した知識はないが、美術作品を普段使いの食器のように呼ぶセンスは持ち合わせていない。

「ありがとう。どこにある？」

「リビングのソファの脇だけど」

「ありがとう。助かったわ」

リビングに戻ろうとする愛子を、姫奈子は慌てて呼びとめる。

「待って、一緒に渡すでしょ？」

「どんなふうに渡しても同じじゃない」

眉根を寄せる姫奈子を笑顔で退け、愛子はさっさと踵を返し、プレゼントを父に手渡しにいった。姫奈子もいったんトイレを諦めることにするが、もう手遅れだった。

「お誕生日おめでとう、お父さん」と、愛子が満面の笑みで父をハグする。

「なんだなんだ。プレゼントなんていいのに」

戸惑った表情を浮かべながら、酉之介は嬉しそうに紙袋を開ける。桐箱のなかから出てきたのは、この日東京オークションから持ち帰った尾形乾山の茶碗だった。自分が探してきたわけではないのに、姫奈子は手柄を横取りされたと思う。

「それ、私が買ってきて――」

プロの力も借りて必死に入手したの、と姫奈子は補足しようとするが、タイミング悪く父の歓声でかき消された。

「乾山じゃないか！　よく見つけてきたな」

父はこの日一番感激した様子で、愛子に抱擁を返す。

「喜んでくれて、私も嬉しい！　いつもありがとう」

二人のあいだに姫奈子が入る隙はもはやなかった。得意げに言う愛子の頬を、今すぐ引っ叩(ぱた)きたい衝動にかられる。しかしそんなことをすれば、この場の雰囲気は台無しになり、自分は心の狭い姉として非難を浴びて針の筵(むしろ)だろう。

家族のなかに、姫奈子の味方をしてくれる人は誰もいない。それは母が亡くなってから今まで変わらない。見た目も頭も愛想もいい愛子は、みんなに愛された。一方で姫奈子は図体もでかく顔立ちもぱっとしないうえに要領も悪かった。いつも愛子と比較され、妹さんはいい子ね、今日は愛子ちゃんと一緒じゃないの、と妹のことばかり話題にされた。

いつしか愛子は、愛されたいという姫奈子の渇望やコンプレックスを理解したうえで、上から目線の態度をとるようになった。うまく利用して、巧妙に嫌がらせをするようになった。後妻としての焦りが感じられる響子以上に、単に苦しむ姫奈子の姿を楽しむ愉快犯の愛子は、たちが悪かった。横柄なことを言うだけでなく、姫奈子をこき使ってくるのだ。

――かんざんだかけんざんだかっていうお父さんが好きな芸術家のコップ、今日買ってきてくれない？

――乾山ね。でもどうして私が？ 愛子が行ってよ。

――だって、お姉ちゃんは時間あるでしょ。私は子守りで手が離せないし、コップがいいって提案したの、お姉ちゃんじゃないの。

それ以上は断れなかった。妹こそが、この家の本当の〝姫〟だからだ。たった一人の姫奈子という自分の名前が、皮肉にしか思えない。実の母が亡くなったのは、財閥のなかの殺伐とした人間関係や、父の不倫によるストレスが原因ではないか、という憶測を耳にしたことがあった。子どもの頃の記憶しかない母だが、気の毒で仕方ない。

――姫奈子さんって、あの人に年々似てきているのよね。

何年か前、響子が電話で話しているのを立ち聞きしたときの感情がよみがえる。目の前で団らんする彼らの姿は、やはり広告のように完璧で幸せそうだった。

＊

午前十時頃、凜太郎のもとに、受付から来客の知らせがあった。富永響子という、姫奈子の母親らしい。すぐさま美紅に知らせると、応接室に通すように言われた。富永響子は美魔女（ビマジョ）という今では海外でも浸透しつつある表現がぴったりの、年齢不詳な女性だった。どこをどういじったのだろう、と美容にくわしい凜太郎は分析せずにいられない。肌は消しゴムをかけたように染みひとつなく唇もプルプルである。理想的な比率をした目鼻口も、どこか人工的だった。引き締まった身体に、胸元が露出したシャツとジャケットを身につけ、煌（きら）びやかなアクセサリーも相まって、きつい香水に負けないくらい、お金の匂いがぷんぷんする。とにかく若さや見た目がこの人にとって重要なのだと伝わる。逆に、なぜそこまでこだわるのかとも思った。

まもなく紅茶とお茶請けが出されると、響子はこう切りだした。

「アポイントもなく、失礼いたします」

丁寧な口調ながら、押しの強さを感じさせる。

「とんでもない。どうなさいましたか？」と、美紅。

「単刀直入に申しあげます。姫奈子からの今回の問い合わせは、なかったことにしていただきたいのです」

瞠目する美紅をよそに、響子はしゃべりつづける。

「これまで世間知らずな姫奈子のわがままに付き合わせてしまい、申し訳なく思っています。急にキャンセルすることで発生する御社の不利益は、埋め合わせをします。当然、東京オークションさんにはなんの責任もありませんので、ご安心ください」

傍らで見守る凜太郎の疑問を、美紅が代弁する。

「状況が呑みこめないのですが、理由をお聞かせいただけますか？」

「なにから話せばいいのでしょう。姫奈子の振る舞いには以前から手を焼いておりました。あの子は長女というのに結婚も出産もせず、富永家に生まれたことへの責任感が皆無です。花嫁修業、お見合い、今までいろいろやらせましたが、どれも失敗つづきでした。一度、つまらない会社への就職をわれわれが反対してからは、何事も長続きしない怠け者になって、そのうえ反抗的なので困ったものです。きっと夫が甘やかしすぎたせいでしょうね」

否定的な評価のオンパレードに、凜太郎は姫奈子に同情する。それに聞けば聞くほど、響子の主張には違和感しかない。いくら特別な家柄とはいえ、女性に結婚や出産を当たり前に求めるなんて、響子の価値観は一昔前から更新されずに止まっている。

──凜太郎くんって女の子みたいだね。

──男らしくしたらモテそうなのに。

日本に帰るたびに心無い評価をぶつけられた凜太郎は、古傷がうずく。

「今後、姫奈子から連絡があっても取り合わないでください。その際は、こちらにご連絡いただければ、私たちの方で対応しますので」

響子は宝石のついたクラッチバッグを開けて、テーブルの上に名刺を差しだした。富永グループの役員としての肩書がつき、電話番号とメールアドレスが記されていた。しかし美紅は黙っている。一瞬、今まで見たことがないくらい険しい表情が浮かんだのを、凜太郎は見逃さなかった。怒っている？　いや、まさか。誰よりプロフェッショナルな美紅は、いつだって感情を表に出さない。目を疑っているうちに険しさは消え、いつものほほ笑みが戻っていた。

「ご事情はわかりました」

美紅は一拍置いて、響子を見据えながら、目を見開いて告げる。

「であれば、それはできかねます」

「はい？」と、響子は間抜けな声を出した。

「本件は姫奈子さまからお問い合わせいただいたので、最後まで、あくまでご本人とやりとりをさせていただきます。キャンセルをするのであれば、姫奈子さまご自身から、こちらにご連絡をいただく必要があります」

響子になにか言う間も与えず、美紅はつづける。「ですので、響子さまには、まずは姫奈子さまにお話しいただければ幸いです。姫奈子さまからのお申し出であれば、すぐにでもキャンセルを致します」

「待って。私は彼女の母親ですよ。保護者なんですよ！」

「お母さまであることは存じておりますが、姫奈子さまはもう成人です」

美紅は清々しい笑顔で答え、響子の名刺を数センチ押し戻した。

響子は眉間に形状記憶されそうなほど深いしわを刻み、うわずった声で言う。

「も、もちろん、キャンセル料など、金銭的な代償がともなうのであれば、対処法を考えても構いませんのよ」

「セールスの前ですので、料金は発生しません」

「つまり、ただ私の言うことを受けつけない、ということかしら?」

響子はプルプルの唇を震わせるが、美紅はまったく動じない。

「左様でございます。さきほど申し上げたように、弊社はお客さまのご意思やプライバシーをなによりも重視します。たとえ肉親からのご依頼であっても、お客さまのご意向に背いたり、情報を外部に漏洩したりすることは禁じられています」

響子は美紅を睨みつけながら「わかりました」と呟き、名刺をケースにしまいクラッチバッグに放り込んだ。

「ええ、わかりましたとも! このような対応をされるとは、誠に心外ですわ。私にはアートをコレクションしているお友だちが何人もおります。今回の対応については、彼らにも詳しく報告しておきます」

響子が挨拶なしで応接室を出ていったあと、凜太郎はやっと息を吐く。果たしてお金持ちという人種は、自分を中心に世界が回っていると思い込んでいる人ばかりなのだろうか。肩の辺りにどっと疲れを感じる。

「感じの悪い母親でしたね。姫奈子さんがあんなふうに育ってしまったのも、ああいう母親から生まれたせいでしょうか？　二人ともわがままで似た者同士だし、いっそ今のキャンセルも受け入れた方がよかったんじゃないですか」

返事がない。

片づけする手を止めると、美紅が険しい顔で、こちらを見ていた。

さきほど一瞬認めた怒りらしきものが、ふたたび浮かんでいる。

迫力に圧されて、唾を呑みこむ。

「子どもは親を選べないものよ」

思いがけない指摘だった。

凜太郎がなにも言えないでいると、美紅は静かに応接室を出ていった。

＊

姫奈子は父とともに、キャサリンズの事務所を訪れていた。オフィスのあちこちに飾られたポップなアート作品に、いちいち目を奪われる。アートに詳しくない姫奈子でも、ここが世界の美術市場の最先端なのだとわかった。

「キャサリンズはブランド力のある大手オークションハウスだ。私も何人か知り合いがここで買い物をしていて安心だし、私がここで買ったことにしておけば、響子も納得してくれるだろう」と、父は受付近くのロビーで説明する。

「そうだね」

結局、私のためじゃなくて響子さんの機嫌をとるためでしょ、という指摘を堪える。だが、ここに連れてきてくれただけでも、父なりの優しさを感じるべきだった。響子や愛子の手前、いつもは傍観するだけだが、早くに実母を亡くした姫奈子のことを不憫には感じているらしい。距離のとり方を迷いながらも、お金を使うことに躊躇はない。むしろ姫奈子に対しては、愛情をお金で表現しているような節があった。父の不貞のせいで自分の人生が台無しになったという恨みは消えないが、それでも父は父であり、愛情を受け容れてしまう。

「わざわざお越しいただき、ありがとうございます」

やがて受付の前に、アイザックが現れた。先日名刺交換したときと同じく、完璧な日本語、堂々とした立ち振る舞い、すらりとした背格好には、改めて惚れ惚れする。高級そうなスーツに身を包み、しわひとつない靴で颯爽と歩いていく。

「こちらへどうぞ」

広大な緑に囲まれた皇居を真下に望む、窓の広くとられた応接室だった。

「今日はわざわざ時間をつくってもらって、すみません。一度、娘をあなたに会わせたいと思いましてね」

父が誰かに敬語を使っているのは、珍しいことだった。アイザックは笑顔で肯いたあと、こちらをまっすぐ見つめた。姫奈子はつい、赤面してしまう。

「ウォーホルの《一九二枚の一ドル札》を入札するご予定とお伺いしました」

はい、と小声で呟く。

「たしかに《一九二枚の一ドル札》は、ウォーホルの代表的作品です。そして今回東京オークションで出品されるものは、質、状態、ともに悪くない。しかし同じものが複数存在する版画である以上、投資価値が高いかと問われれば、首を傾げます。コレクターであれば、転売することを見越して、作品価値を見極めるべきです。だとすれば《一九二枚の一ドル札》に今投資すべきなのかは、微妙なところです」

よどみなく説くアイザックの話に、姫奈子は聞き入ってしまう。

気がつくと、ウォーホルの投資価値ばかり考えてしまい、自分がなぜ《一九二枚の一ドル札》を欲しいと思ったのか、その出発点を見失いそうだった。

「キャサリンズでは、これまで数々の名作を取り扱ってまいりました。現在もロンドン本社、ニューヨーク、香港（ホンコン）などの支社で、ウォーホルの作品は取引されていますが、お嬢さまにはわけても傑作を手に入れていただきたく存じます」

「というと？」

父が代わりに訊ねる。アイザックはふたたび、口角を上げた。

「われわれはどの国の誰が、どういった作品を持ち、どのタイミングで売りたいと考えているのかを幅広く把握しています。遠慮なく申し上げれば、そうした国際的ネットワークを持っているのは、キャサリンズだけです。いわば弊社のお客さまは、他社にない唯一のネットワークを頼って、うちにお越しになるのです」

「それは安心ですな」と、父はほほ笑んだ。

「どうか大船に乗った気持ちで、お買い物をお楽しみください」

アイザックはふたたび姫奈子のことを見た。「東オクでの入札は急がず、もう少し検討なさるのもひとつかと思います。ウォーホルの素晴らしい作品が市場に出るという情報があれば、真っ先にご連絡をしますので」

父は満足そうにほほ笑むと、こちらを見てくる。

「それでいいね、姫奈子？」

「うん」

アイザックの売り文句に負けたわけではない。父が自分をきちんと扱ってくれているという状況が、姫奈子の口を封じた。この空気に流されていた方が楽かもしれない。自分の意思なんて貫かず、黙って従っておく方が自分にはふさわしい気がする。せっかく父も、こうして自分に構ってくれているのだから――。

しかしアイザックは、ウォーホルの話題が終わると、姫奈子の方を見なくなった。いわば財布役の富永酉之介に向かって、つぎのセールスや今の市場の傾向を丁寧に語った。酉之介の顔つきも途中から、父ではなく投資家のものに変わっていた。姫奈子は結局ここでも蚊帳(かや)の外だった。


キャサリンズのオフィスを出ると、父は運転手付きの車に向かった。

「東京オークションには、自分で断りの連絡を入れておきなさい」

「えっ？　もう響子さんが断りに行ったんじゃないの？」

「今朝、行ったそうだ。だが、本人とやりとりしないとキャンセルはできないと言われたらしい。融通の利かない会社だな」

そんなに堅そうな会社に見えなかったけど、と姫奈子は瞬きをくり返す。父はこちらの驚きに構わず、車に乗りこみ、夕暮れの大通りを走り去っていく。姫奈子は行く当ても決めずに歩きながら、今言われたことについて考える。冬城美紅は自分のことを、年下でわがままなお嬢さまと見做(みな)し、冷たくあしらったのだと悔しかった。しかし今の話が本当なら、少なくとも富永家の一員ではなく、独立した一人の顧客として扱ってくれたことになる。それどころか、響子をはじめ富永家の面々の機嫌を損ねてでも、姫奈子の意思を尊重し、守ってくれたとも受けとれる。

――断りの連絡を入れておきなさい。

父の言葉が頭のなかでこだまする。

鞄からスマホを出すが、あの人になんと言えばいいのだろう。なんと言うべきか。

今回の依頼はキャンセルしたい。そう告げるだけなのに、どうして後ろめたく億劫な気持ちになるのか、自分でもわからなかった。

スマホの画面を表示させると、メッセージが届いていた。妹の愛子からだった。

「至急、うちに来てくれない？」

十分前のものだった。無視しようとするが、まるでこちらの用事が終わるのを見計らったように、愛子から電話がかかってくる。

「電話に出られるなら、早く返信してよ！」

開口一番で責められ、いつもの言葉が口をつく。

「ごめん」

どうして謝っているのだろう。自分にも腹が立った。

「とにかく、うちに来て。手伝ってほしいことがあるの。どうせ暇でしょ？」

家事はお手伝いに、子守はベビーシッターに任せているはずだ。それ以外に手伝わせたいこととはなんだろう。過去の経験からして、悪い予感しか浮かばない。こちらが黙っていると、愛子は畳みかけるように言う。

「富永家の主役が誰なのか、忘れたの？」

その一言で、姫奈子は目が覚めた。

昨日、冬城美紅にぶつけた理不尽な不満と、どこか似ている。

——あなたは私の言うことを素直に聞く立場でしょ！

今まで自分があの年上の女性を執拗に困らせていたのは、妹への反発が生んだ、無意識の腹いせではないか。妹は昔からわがままで、こちらを困らせて楽しんでいる、悪魔のような存在だった。周囲に助けを求めても、あなたはお姉ちゃんなんだから許してあげなさい、と取り合ってもらえなかった。そんな長年のやりきれなさを、いかにも仕事のできそうな年上の美紅にも味わわせてやりたい。そんな歪んだ動機で、八つ当たりしていた。

「もしもし、聞いてる？」

姫奈子はなにも言わずに通話を切った。今、自分が話すべきは、妹なんかじゃない。姫奈子は執拗にかかってくる愛子からの着信を何度も拒絶し、美紅の連絡先を表示させた。

震える手でメッセージを打つ。

[お話ししたいことがあります。お時間いただけますか？]

送信し終えて顔を上げると、ビルのあいだの空が紅に美しく染まっていた。

＊

終業時刻の夜七時まで、あと一時間だった。

他のスタッフがいないタイミングを見計らい、凜太郎は切りだした。

「美紅さん、さっきはすみませんでした」

美紅はパソコンを打つ手を止めずに「なんの話？」と訊ねる。

「僕が失言したことです。姫奈子さんのことは、本当にその通りでした。母親がひどい人だからって、娘の姫奈子さんにはなんの関係もない。二人を一緒くたにするのは、間違っていたと思います」

「反省したなら、それでいいわ」

会話を終わらせようとする美紅に、凜太郎は身を乗りだして伝える。

「じつは、そのあと自分でよく考えました。僕は美紅さんの一人前のアシスタントになれるように、まずは美紅さんと信頼関係を築けるように頑張ります」

ひと思いに言い切ってから、頭を下げた。

「凜ちゃん、コーヒーでも飲む？」

顔を上げると、美紅は笑顔でこちらを見ていた。

給湯室で二人分のコーヒーを準備して席に戻ると、美紅はデスクから少し離れた、窓際の休憩スペースに座っていた。九階の窓からは、高層ビル群の光を反射する夜の東京湾や、きらきらしたレインボーブリッジが望めた。

コーヒーを受けとると、美紅は「ありがとう」と礼を言い、向かいあって座る。

「あなたのご両親は今、日本にいるんだっけ？」

美紅からプライベートなことを訊かれるのは、はじめてだった。

「はい。僕が中学生の頃から、ずっと日本です」

「へぇ、じゃあ高校や大学のあいだは、ご両親とは離れてアメリカにいたわけ？」

「そうなんです。でも両親からは、日本に帰ってこいって言われたことが一度もないんですよね」

凜太郎は一時期、日本の学校に通ったことがあった。そのとき周囲に馴染めず、いじめに遭って行き詰まった凜太郎を、両親は全面的に肯定してくれた。そのため凜太郎は、アメリカに単身で戻る決意をし、両親の知り合いのところでホームステイさせてもらった。おかげで今も、自分を嫌いにならずに済んでいる。いつも味方でいてくれて、自分らしくいればいいと教育してくれた両親に、凜太郎は感謝しかない。

「だったら、どうして日本に戻って、うちに就職したの？」

「ぜひ」

「母が倒れて、手術することになったんです。今は回復してピンピンしていますが、親の命も永遠じゃないと悟りました。親孝行できるうちは、この人たちの近くにいたいと思ったんですよね。それで、せっかくなら大好きなアートを扱う仕事に就きたい。アートで人と人をつなぐ仕事がしたいと思ったんです」

ただし、その夢を今のオークション会社で叶えられるのかという迷いはまだあるが、そのことは黙っておく。代わりに、凜太郎は謝罪をつづけた。

「僕は親に恵まれているから、姫奈子さんの気持ちを想像できず、反省です」

「いや、偉いよ」

「そうですか？」

「だって親が倒れても自分を優先したり、そのせいで自分の人生が変わったって親を責めたりする人もいる。でもあなたはそうしなかった」

褒められるのははじめてで、頬が熱くなる。ましてや、相手は美紅だ。

同時に、凜太郎は美紅のことをもっと知りたくなった。

——子どもは親を選べないものよ。

彼女はどんな想いで、そう言ったのだろう。

「いい夢だと思うわよ。さっき〝信頼関係〟って言葉を使ったわね？　それはスタッフ同士だけじゃなく顧客とのあいだもそう。アート収集やオークションは確実性が低いからこそ、信頼関係の上にしか成り立たない。だから顧客の信頼を得ることはなにより大事で、すべての仕事の基礎にある。もっと言うなら、私たちの仕事は単に高額で落札させるだけじゃない。顧客一人一人の望みを汲んで、いかに満足度を上げるかよ」

美紅の横顔が女神のように気高くて、凜太郎の胸は高鳴った。

「どうすれば、信頼って得られますか?」

「この業界では、アートへの愛、それに尽きるわ。どれだけアートに情熱をかけるか。アートとの付き合いは、人と人のつながりにも似ている。アートを見る目と、人を見抜く目ってどこか共通してるしね」

曖昧(あいまい)に肯きながら、凜太郎は栗林社長の逸話を思い出す。自分でもたくさんコレクションを持っている社長は、いまだに身銭を切ってアートを買っている。欲しい作品があれば、時間も労力も惜しまず追いかける。以前、車で事故に遭ったとき、運んでいた作品の無事をたしかめてから気を失ったのだとか。そんな社長だからこそ、美紅も共鳴したのかもしれない。

美紅の振る舞いにも、似たような情熱を感じた。たとえば、乾山の茶碗を探したとき、凜太郎がどこに問い合わせても見つけられず、諦めようとしたところを、美紅は絶対に探しだせると譲らなかった。ついには他の仕事そっちのけで、難航する交渉に助け船を出してくれた。美紅がいなければ、乾山は手に入らなかった。

今回出品された《一九二枚の一ドル札》だって、美紅が前の持ち主のところに熱心に通いつめ、口説き落としたからこそ今ここにあると聞いている。

そのとき、美紅のスマホが鳴った。

「姫奈子さんが来た」

「え、どうして姫奈子さんが？」

「話があるんだって」

涼しげに答えると、美紅はコーヒーに口をつけないまま立ちあがった。

受付の前で待っていた姫奈子は、昨日会った彼女とは、どこか雰囲気が違った。服装やメイクは変わらないが、攻撃性が消えている。「有明は遠いのよ」という言葉も、喧嘩腰ではなく、反省の気配さえあった。

美紅はいつものお辞儀をすると、こう切りだす。

「わざわざお越しいただき、ありがとうございます。じつは今朝、富永響子さまがここにいらっしゃり、今回の依頼はキャンセルしたいとおっしゃいました。こちらも姫奈子さまご本人から、お考えを伺いたかったところです」

姫奈子はどこか迷うように視線を逸らすと、小さな声で訊ねる。

「あの作品、もう一度見てもいい？」

「《一九二枚の一ドル札》ですね」

内覧会の会場は施錠されていたが、三人で移動する。美紅の指示で、凜太郎は特別に警備室に頼んでセキュリティを解除し、鍵を開けて照明を点灯させた。他に誰もいない静まり返った空間で、もっとも目立つ場所にある《一九二枚の一ドル札》が、堂々と光を浴びはじめる。

ウォーホル作品は市場に数え切れないほどあり、わけても版画はあふれている。しかし本作は、イラストレーターからポップ・アーティストに転身したばかりの、もっとも挑戦的だった三十四歳のときに制作された。だから今回のセールスの目玉として打ち出され、落札予想額も高額だった。

「姫奈子さまは、なぜこの作品に興味を持たれたのです？」

作品と向き合っている姫奈子に、美紅は訊ねた。

モノトーンとはいえ色の濃さは均一ではないので、一九二枚の紙幣はまるで川底に沈もうとするように揺らいで見える。

「響子さんはね、私の本当の母親じゃないの」

凜太郎は息を呑む。とんでもない誤解をしていた。

姫奈子はこちらを見ないで、作品に語りかけるようにつづける。

「本当のお母さまは、私が五歳のときに亡くなった。お母さまは本を読んだり、美術館に行ったりするのが好きな人だったそうよ。遺品には、たくさんの書籍があった。そのなかでも、多く所蔵していたのがアンディ・ウォーホルの画集だった。日本語だけじゃなくて、海外から取りよせた分厚いカタログも含まれていたわ」

「特別な存在だったわけですね」

美紅に肯いて、姫奈子はつづける。

「ウォーホルの作品は、私にとってお母さまの象徴なの。もう死んでしまって、会えなくなった大切な人。ウォーホルが表現した、数々のアイドルと同じよ。だから重ねずにはいられないの」

凜太郎は代表作《マリリン》のシリーズを頭に浮かべた。

あまりに有名な、現代の《モナ・リザ》とも呼ばれる名作だが、じつは制作のきっかけはマリリン・モンローが不可解な死をとげたことだった。ウォーホルはその後も、四十二歳という若さで亡くなったエルヴィス・プレスリーや、暗殺されたケネディ大統領の妻、ジャクリーンなど、自殺や不幸な死に方をしたスターやセレブ、その身内を作品にした。それらは〈死と惨劇〉のシリーズと呼ばれる。

絵のモデルたちに共感を寄せずにいられなかった幼い姫奈子のことを想うと、凜太郎は胸が潰れる。実際、凜太郎もウォーホルに共感するところがあるからだ。ウォーホルは比類ない才能に恵まれながら、コンプレックスの塊のような人物だったという。いじめられっ子で、鼻の整形手術をしたことがあり、自分の容姿や出自がとにかく嫌いだったとか。

「私ってね、今の家族とは家族らしいことをした記憶がないの。そのせいか、死んだお母さまへの憧れがどんどん大きくなって、想像を膨らませるようになった。とくにウォーホルの作品を見ていると、死んだお母さまが……いえ、死ぬこと自体が、身近に感じられたの。いつ死んでもいいとさえ思えた」

姫奈子の口調には、本当に、死を切望しているような気配があった。

「お言葉ですが」

そう、きっぱりと遮ったのは、美紅だった。「私の考えは少し違います」

「違う？」

「おっしゃる通り、ウォーホルの作品には、自分という存在の不確かさや、死への恐怖や関心がつきまといます。事故現場、原子爆弾、電気椅子。ウォーホルはとりつかれたように、死にまつわるイメージを作品に転写しました」

そこまで話すと、美紅は一呼吸おいて、姫奈子に向きあった。

「しかし、ウォーホルが本当に表現したかったものは、死ではなく、生ではないでしょうか？　死をテーマにしていても、結局、ウォーホルは生きることや人間そのものを賛美しているように、私には思えます」

姫奈子はどこかムッとしたように、眉をひそめて訊ねる。

「なにを根拠に？」

「作品を見て、私はそう感じます。ウォーホルのつくるものには、重たさや暗さがありません。明るさしかないと言ってもいいでしょう。多くの人が、彼の作品をただポップでお洒落だと誤解してしまうほどにです。それは、ウォーホルが人間を、人生を、生きることを肯定している証拠に思えてなりません」

姫奈子の頬が、少しずつ紅潮していく。美紅はつづける。

「たしかに生きることはつらいですし、人は死を恐れ、死に憧れる、不確かな生き物です。でもウォーホルは、そういうところすらも受け入れ、作品として魅せている。いつも彼の作品に滑稽さや親しみやすさがあるのは、ウォーホル自身が優しい目で人を見ているからに他なりません。そう考えれば、ウォーホルが表現する今は亡き人々は、悲しんだり怒ったりする私たちを、天国からあたたかく見守っているように思えてきませんか」

姫奈子は黙って、作品を見つめていた。

その目には、いつのまにか涙が溜まっている。

少し待ってから、美紅はやわらかい口調で訊ねる。

「姫奈子さんが、《一九二枚の一ドル札》にこだわるのには、他にもなにか理由がありそうですね」

「……まったく嫌になるわ。あなた、鋭すぎるから」

鼻声で毒づきながらも、姫奈子は咳払いをして素直に答える。

「お金を表現してるからよ。これまで父は、私にお金だけは惜しまなかった。それが父なりの愛情表現だと、私はずっと思い込もうとしてきた。そうであってほしいと願ってきた。だから今度は私が、お金を投入することで、ウォーホルへの愛を証明したい。愛されなかった私でも、誰かを愛せるんだって証明したい。他ならぬ自分のために。その愛には、お金を表現したこの作品がふさわしい気がするの」

「少々、短絡的かもしれませんね」

美紅はにっこりとほほ笑んで指摘するが、刺々（とげとげ）しさはなく、むしろ姫奈子の決断を応援しているように聞こえた。

「うるさいわね！　自分でもわかってるわよ、私は教養もないし。そもそもお金で愛情表現するなんて間違ってるものね。もっと言えば、私が使おうとしているお金だって、自分が苦労して稼いだものじゃないし。間違いだらけよ」

「いいえ。短絡的であっても、間違ってはいません」

姫奈子は驚いたように、美紅の方を向いた。

「ウォーホルはお金について、こう言い残しています。『お金を稼ぐことはアートだ』と。ときにはお金でしか愛を証明できないことも、あるんじゃないでしょうか？　少なくとも私は、自分にお金を使ってもらうことに、相手からの深い愛情を感じます」

姫奈子は視線を《一九二枚の一ドル札》に戻した。

美紅は「それに」と少し声を低くして言い、姫奈子の目を見て言う。

「ここだけの話、この作品をもともと所有なさっていたコレクターの方は、長年ご子息と疎遠になっておられました。しかし生前この作品を見ながら、私にこうおっしゃいました。自分は息子に自らのコレクションを譲ることで、最高の愛情表現をしたい。その方が亡くなったあと、私からご子息にそのことを伝えると、号泣しておられました。私には、親子のあいだの問題はわかりませんが、お金による愛情表現も立派に存在すると信じています。だからこそ、しかるべき買い手に委ねたいのです」

姫奈子は息を呑んだ様子で、涙を素早く袖で拭いてから、美紅の方に向き直った。

「私でいいの？」

「もちろんです」

「二流なんでしょ、コレクターとして」

「それは、売り言葉に買い言葉でございます」

「なにそれ」

お互いに揶揄（やゆ）しあいながらも、二人の女性のあいだには、やわらかく打ち解けた空気が生まれているのが、凜太郎には不思議だった。

オークションはあと三日に迫っていた。

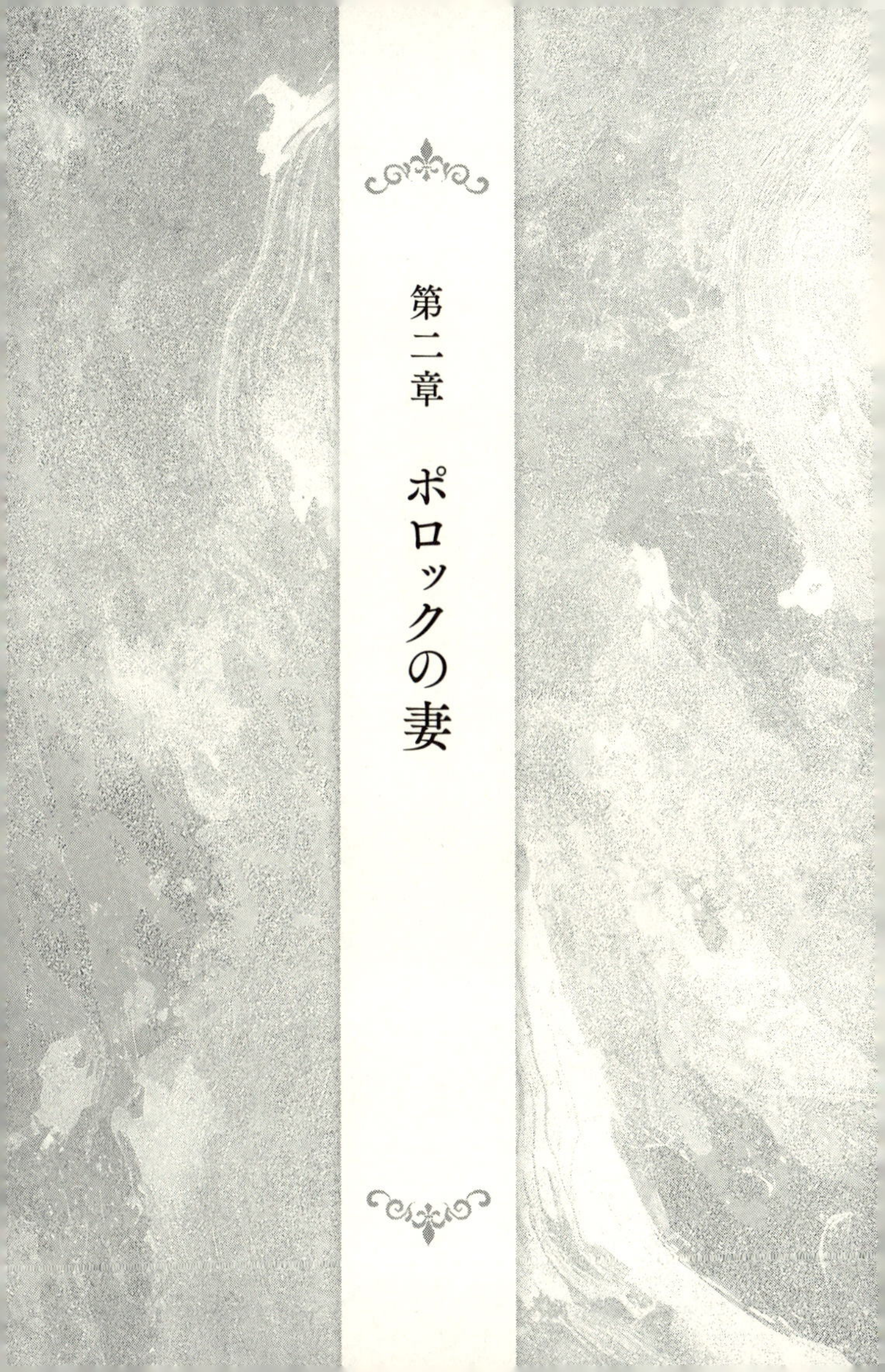

# 第二章　ポロックの妻

その絵画を前に、凜太郎は首を傾げた。

具体的なモチーフが描かれているわけではなく、絵具(えのぐ)の塊が無作為にぶつけられた抽象絵画である。運び込まれた当初、凜太郎は分割された二枚の正しい左右が即座にはわからなかった。作者の名前は、藍上潔(あいがみきよし)。七十四歳になる現代絵画の巨匠だ。

「ぼんやり突っ立ってちゃダメよ」

ふり向くと、冬城美紅が歩いてくる。凜太郎は慌てて頭を下げた。

「あの、今更、非常に言いにくいんですが、この作品って、どういうふうに見ればいいんです？」

「自分で勉強しなさい」

「しました！ でも申し訳ありません、まだピンと来ていなくて……」

「仕方ないわね。ポロックの引用をしているのよ」

「ジャクソン・ポロックですか？ 二十世紀のアメリカ人の？」

ポロックは床に平置きしたカンヴァスの上空で、絵筆を振りまわして絵具を飛ばすアクション・ペインティングで知られた。美紅いわく、逆に筆致を残さず工業製品のようにシルクスクリーンを量産したウォーホルは、絵画らしい絵画を残したポロックらを乗り越えようとしたのだとか。

「この絵の作者である藍上潔さんも、ポロックから影響を受けたと公言している。絵画にしかできない表現を目指したって」

「なるほど」と、凜太郎は手のひらを合わせて声を弾ませる。「だから今回のラインナップに含められているわけですね、ウォーホルへの流れで！」

以前に美紅から教わったのだが、オークションのセールスはひとつの大きな物語を構成するように入念に計画される。たしかに今回の出品作も、テーマに沿って必然的な順序で並べられていた。

「やっとわかった？」

「す、すみません」

美紅は腕時計をちらりと見て言う。

「でも持ち主が来る前でよかったわ」

藍上が描いた絵画を長らく所有していたのは、サラリーマン・コレクターとして知られる安村康弘(やすひろ)である。彼は今日ここに来て、大事な作品と最後の対面をする予定だった。オークションハウスの仕事は、姫奈子のような買い手への対応だけでなく、安村のように作品の売り手へのサービスも重要になる。より価値の高い作品を集められれば、落札額に応じた手数料が東京オークションに支払われるので、会社側の売り上げも伸びるのだ。

ふと美紅の方を見ると、「こういう形で再会できるなんてね」と感慨深げに言う。

「思い出でもあるんですか？」

「なんでもない。あら、いらっしゃった」

美紅がこちらの肩越しを見て呟いたのと同時に、「こんにちは」という明朗な挨拶が響いた。ふり返ると、テレビなどで見慣れた男性が立っていた。身長は一七八センチの凜太郎よりも頭半分ほど低く、ふっくらした体形である。クリーム色のスーツに赤い蝶ネクタイという装いは個性的で、どこか親しみやすい顔立ちに似合う。これまで美紅がやりとりを一挙に引き受けていたので、凜太郎はきちんと話すのははじめてだった。とはいえ著作やインタビュー記事などでよく知っている存在ではあるが。

「ご来場ありがとうございます、安村さま」

美紅が頭を下げると、安村は「この日を待ち望んでいたよ。もちろん、作品を手放してしまう寂しさも少しあるけどね」と気さくに答える。「あ、これ、忘れないうちに」と、安村が美紅に手渡した土産は老舗和菓子屋〈ふたば〉のたい焼きだった。好物をもらったときの美紅は「まぁ、嬉しい」といっぺんに表情を明るくする。

それから安村は、会場にいた別のスタッフたちとも「やぁ、久しぶり」「そのスーツよく似合ってるねぇ」と手を挙げるなどして挨拶を交わしていく。酒が入っていないと濃やかかな気配りができる人のようで、凜太郎はますます感心した。

「はじめまして、小洗と申します。僕、安村さまのことを尊敬しているんです！」

唐突だという自覚はあったが、凜太郎は一歩前に出て伝える。

「えっ、尊敬？」

安村は困惑するように瞬きをくり返しつつも、満更でもないのか笑みを浮かべる。

「直接お話しさせていただくのは今日がはじめてですが、僕は以前より、安村さまのご活動に感銘を受けておりまして。美を愛する心は一番のアート、という名言がとくに心に刺さっております！」

凜太郎がはじめて安村を知ったのは、まだ東オクに入社する前、テレビでその姿を見かけたことがきっかけだ。トレードマークの蝶ネクタイに個性的なメガネをかけて、美術史について熱く語る親しみやすいコレクターおじさんは、キャラクターが立っていて印象深かった。凜太郎は興味を惹かれ、安村の著作『平凡な会社員がオフィスを飛びだし、華麗なるアートを買いあさることになった10の理由』を読んだ。知識が豊富で勉強になっただけでなく、アートへの愛が伝わって不覚にも泣かされた。

――私は自分のような庶民でもアートに親しみ、ひいてはそのコレクションができるのだと世の中に知らしめたくて身銭を切っています。それは作品購入を躊躇する潜在的なアートファンのためであり、なによりアートそのもののためです。

——家族と一緒に自宅で作品を鑑賞するのは、至福の時間です。

家族想いの人柄が伝わってくるのもよかった。

そんな感想を伝えると、安村は口を大きく開けて笑った。

「君のような若い人に褒めてもらえると、僕も本当に嬉しいよ。美紅さん、いい若手社員がいて素晴らしいね！」

美紅にこんなにも馴れ馴れしい態度をとれるなんてすごい、と凜太郎はいっそう安村に感心する。

「ところで、今回出品されるピカソの陶芸品をカタログで見たけど、あれはなかなか素晴らしい作品だ」

美紅とのやりとりを傍観しながら、やっぱり安村は本当に経験に裏打ちされた審美眼を持っているんだな、と凜太郎は実感する。それから安村は、藍上の大作《無題》の前に向かった。自身のコレクションを無言で眺める安村に、凜太郎は思い切って声をかけた。

「あの、安村さん。ひとつお伺いしてもよろしいですか？」

「なんでも訊いておくれ」

「藍上さんの《無題》を購入なさった十三年前は、藍上さんの市場価値も今ほど高くなかったですよね？　むしろ安村さんが購入した直後に、欧米で大規模な個展が連続して開催されて価格も急上昇した。いわば再発見されたと言ってもいい。安村さんは未来を予見していたんですか」

「まさか」と、安村は愉快そうに笑った。

「では、単純に作品の魅力によるところなんですね」

凛太郎が身を乗りだして問うと、安村は笑うのをやめて真顔になった。

「僕が信じていたのは、藍上さんの才能そのものだよ。藍上さんはすごい芸術家だと確信して借金をしてでも購入しなきゃいけないと思ったんだ。たとえ世の中に認められなかったとしても、自分自身の審美眼も藍上さんの類まれな力も、両方信じたいってね」

「すごいっ、本当に尊敬します！」

「そこまで言われると、さすがに恥ずかしいけれど」と頭に手をやりながら、安村はニヤリと笑った。「でも僕にとって、命と同じくらい大切な作品には変わらない。たとえるなら愛娘を嫁に出すような気持ちだよ。これも娘から誕生日プレゼントにもらったものなんだけれどね」

安村は蝶ネクタイを整えながら語る。

作品を娘さんにたとえるなんて、やっぱり家族想いの人なんだな、とますます好感度アップである。

凛太郎はふと、頭に浮かんだ素朴な疑問を口に出した。

「ところで、どうして今、出品を決意なさったんです？」

すると安村は「えっ？」と顔を上げ、ネクタイを整えていた手を止めた。安村の顔が強張っているのに気がつき、凜太郎は口をつぐむ。藍上は近々国内外で大きな回顧展を行なう予定であり、今後ますます価値は上がりそうなので、もう少し待ってもよかったのではないかという意味だったが、迂闊な失言だった。安村にはなにか事情があるらしい。気まずい空気のなか、安村のスマホが鳴った。安村は胸ポケットからスマホを出すと、「妻が到着するようなので、入口まで出迎えに行ってくるよ」と告げ、そそくさと去っていった。

＊

安村は内覧会の入口で、妻の佳代子を待っていた。約束の時間ぴったりに現れた佳代子は、普段休日を過ごす通りの地味な普段着だった。デザインよりも安さと丈夫さを重視したトレーナーにジーンズという服装は、飽きるほど目にしたコーディネートである。せっかく綺麗な肌と髪を持っているのだから、着飾ればここにいる誰よりも美人なのに。

「あなた、相変わらず成金みたいな恰好ね」

こちらの思いも知らず、いきなりそう言われ、安村は憤慨する。

「ひどい言い方だな」

「あら、自覚もないわけ？」

「この蝶ネクタイだって、由佳がくれたものじゃないか。娘のセンスを否定するのか」

「コーディネートというものがあるでしょう。それに、私も一緒に選んだのよ」

　苛立ちを抑えながら、準備していた台詞を口にする。

「今日はわざわざ来てくれて、ありがとう」

　最近、佳代子は娘の由佳とともに実家に頻繁に帰っている。都内にあるので自宅からも近く、高齢になった両親を手伝うために仕方ないというが、佳代子はわざと自分を避けている気がする。今日も彼女は実家からここに来ていた。

「で、作品はどこ？」

「こっちだよ」

　藍上の作品は巨大なので、会場の奥まったところに展示されていても十分強い存在感を放っていて、安村は誇らしくなる。

「もっと目立つところに展示してもらえないの？　目玉作品なんでしょ」

　こういう反応がつくづく嫌になる、と安村は思った。藍上の絵を購入後、長らく美術品用の倉庫に保管していたので、妻がこの大作を目にしたことは数えるほどしかない。妻は倉庫の賃料や光熱費にも不満で、滅多に様子を見にこない。それはいいとしても、しっかり展示されている様子を見るのははじめてなのだから、作品を見た感想とか、このタイミングで言うべきことは他に沢山あるんじゃないのか。

「そういう問題じゃないんだよ。ここで入札する人たちは、量販店で気軽にショッピングをする輩とはわけが違うんだ。事前に送られたカタログで目星をつけて、最後に実物を確認するためにここに足を運ぶ。だから場所なんてたいした問題じゃない。誰がいつつくったかの方が大事なんだ」と、必死に言い訳した。

「ふうん」

佳代子は興味のなさそうな顔で、まわりの来場者を遠慮なく眺める。自分たち夫婦よりも明らかに収入の高そうな人たちばかりだ。とはいえ、本当のところはわからない。安村自身もサラリーマンらしさは全然なく、一応オーダーメイドのスーツ姿だった。ふと、出会い頭に「成金みたい」と言われたことが脳裏をよぎる。こちらに言わせれば、佳代子の方がこういう場に適さない服装だ。去年、佳代子の機嫌をとるためにハイブランドのワンピースを奮発したのに、安村の前では一度も着てくれていない。

「いくらで売れそう？」

ほら来た、すぐに金の話だ。

「予想落札額は五百万だけど、藍上さんの人気はうなぎのぼりだから一千万円くらいになるんじゃないかな。すごいだろ？　買ったときは二十三万円だぞ？　やっぱり俺は間違ってなかったんだ！」

「なんだか信じられない。詐欺みたいな話ね」と、佳代子は気のない返事をした。

「人を詐欺師扱いするな」と返しながら、たしかに安村自身にも信じられない話ではあった。

誰にも語っていないが、そもそも十三年前にこの作品を買ったときは、まったくの半信半疑だったからだ。さきほど小洗という東オクの若い社員に、さも審美眼のあるコレクターのように振る舞ってしまったのも、いつものごとく大口を叩いただけだ。

あのとき作品に惹かれはしたが、じつはかなり悩んだ。二十三万円という金額は決して安くはないものの、そのくらいの腕時計を買う人はいるし、ゴルフやアウトドアが趣味だという人なら簡単に使う額だろう。けれど、安村がその規模の買い物をするのは稀で、銀行で振込を終えた直後に頭を抱えるほど後悔した。

しかし作品を購入したあと徐々に、アート収集の魅力に囚われた。

まず、購入した画廊から食事の接待やら展覧会の招待やら、生まれてはじめて「特別な人」扱いをされたのである。ギャラリーやアートフェアを訪れるうちに顔見知りが増え、優雅な上流社会の仲間入りをした気分になった。なにより「サラリーマン・コレクター」という肩書きは、ただの社長や金持ちよりも価値があるように思えて誇らしかった。

庶民でありながら、アートに理解と愛があって、少ない予算のなかでも素晴らしい作品をスマートにさらっていく男。いつの間にか膨らんだイメージに追いつくために、安村は作品をつぎつぎに購入するようになった。手を出すのは五十万円以下だけというルールを決めていたが、運よく購入後にそのアーティストの人気が高まるということが何度かあった。それを売って資金に回すようになり、どんどん引っこみがつかなくなった。

――安村さんには作品の価値を見抜く目がありますね。

他のコレクターから言われたとき、安村は舞いあがった。同時に、そうか、自分は昔から人に尊敬されたかったのだと気がついた。

それまで長らく職場の経理課と、家とを往復するだけの冴えない毎日だった。中年になってからは目立たないうえに〝使えないおじさん〟として職場で煙たがられはじめた。そもそも安村は地方出身の苦学生だった頃、バブルで派手なお金の使い方をしている金持ちの友人がとにかく羨ましかった。無意識のうちに、自分は青春を謳歌できなかったというコンプレックスを抱いていた。

サラリーマン・コレクターとして名声を得られれば、自分を軽んじた同僚や友人を見返せるような気がしたのだ。実際ここ五年ほどでテレビや雑誌での露出も増え、知り合いから連絡が来ることも何回かあった。

しかし、佳代子はいっこうに敬意を払ってくれない。敬意どころか喧嘩が増え、今では家庭内別居に近い状況である。安村は佳代子の心がわからない。夫が注目されて嬉しくないのか。生活費には手をつけずにきちんと渡している。もしや夫の成功を嫉妬している？

いや、妻はそんな心の狭い女性ではないはずだ。

気を取り直して、となりにいる佳代子に優しく声をかける。

「この藍上さんの作品は、君のために売りにだしたようなものなんだよ」

「口先ではなんとでも言えるわよね」

「落札額はそっくり君に渡すから！」

さぞかし喜ぶだろうと思ったのに、佳代子は無表情のまま黙っている。

気まずい空気を持て余していると、「サラリーマン・コレクターの方ですよね？」と見知らぬ来場者から声をかけられた。若い男女二人組で、世代も雰囲気もどことなく小洗に似ている。彼らは「先日テレビで拝見しました、写真撮ってもいいですか」と芸能人のように安村に接してくる。

「まぁ、いいですけど」と、表面的には渋々といった調子で引き受けつつ、さすがに少しは見直してくれるかな、と得意げに妻の様子を窺うが、冷たい視線が返ってきてたちまち居心地が悪くなる。若者二人組の対応を終え、安村は佳代子に言う。

「不満そうな顔だね」

「ええ、不満よ」

「言いたいことがあるなら、はっきり言ってくれないか」

「じゃあ、言わせてもらうけど、あなたは調子に乗ってる。もううんざりなのよ、アートアートって。愛想が尽きたわ」

「夫の成功を喜んでくれないのか？　いつからそんな性格になった？」

「どこが成功なの？　収入が上がったわけ？　こんなことで会社の給料が変わるわけないし、むしろ勝手にメディアにたくさん出たせいで、職場での肩身は狭くなったんでしょ？上司からも遠まわしに苦言を呈されて情けない」

安村は予想外かつ痛いところを突かれたが、言い訳するようにキリッと即答する。

「理解のない職場だ。いつ辞めてもいい」

「なに言ってるのよ！　あなたの主軸は会社員だし、辞めたらほぼ無収入になるじゃない。今みたいに若い子にチヤホヤされることが成功だと思ってるなら、勘違いもいいところだからね。テレビの出演料なんて雀の涙だし、印税だって大したことないのに、何着も高い衣装を買って」

「やっぱり金が問題なんだな？　じゃあ、今回の作品が高値で売れれば、君も僕を見直してくれるか？」

佳代子は目を逸らし、深いため息を吐いた。

「そうなってから考えるわ」

小洗には言えなかったが、安村が今この作品を手放すことに決めたのには、大きな理由があった。最近、妻から離婚を切り出されたからだ。これは藍上潔の市場価値がうなぎのぼりだという理由以上に大きい。突きつけられた離婚届に、安村は判を捺していない。まだ間に合うと信じたかった。実際こうして佳代子も会場まで来てくれたのだ。夫がしてきたことは間違っていなかったと、心のどこかで許したいところがあるに違いない。だから安村は、今回のオークションをなんとしてでも成功させたかった。

「とにかく問題なのは、あなたが自分を見失っていることよ」

佳代子は意味深に言い残すと「私は一人で会場を見て回るから」と、さっさと立ち去ってしまう。

一緒に見ていかないか、という一言は呑み込んだ。

安村は一人で会場を出て、外のベンチに腰を下ろした。

見失っている——だって？　佳代子から言われたことを考えるが、いくら考えても理解できない。とはいえ、高校生の娘、由佳は完全に佳代子の味方について、最近まともに口もきいてくれないので、自分に非があるのかもしれない。それに、離婚すれば娘に会わせてもらえなくなるだろう。

「おや、安村さまでいらっしゃいますね」

顔を上げると、エレガントな風貌の男性が立っていた。

キャサリンズのアイザック・ホワイトだった。社交の場ですれ違ったことはあるが、改まって声をかけられるのははじめてである。キャサリンズは安村のような低予算のコレクターは相手にしない。といっても安村の方は、以前からキャサリンズに憧れを抱き、あれこれネットでチェックしていた。もちろん、アイザックについても日本と米国にルーツがあり、若くして東京支店の支店長になったという経歴まで知っている。

「前々からご挨拶したかったんです。私はアイザック・ホワイトと申します」

「こちらこそ、声をかけていただいて光栄です」

名刺を交換しながら、安村はサラリーマンの癖でぺこぺこと頭を下げる。

「光栄なのはこちらの方です。安村さまとは以前から、折り入ってお話しさせていただきたいと思っていました。今回のオークションでは、安村さまのコレクションで有名な、あの藍上潔の素晴らしい大作を出品なさっていますね？」

アイザックは上目遣いで言う。

「ええ、そうですが」と、安村は訝しがりながら答える。

「拝見しましたよ。円熟期の傑作であり、状態も申し分なかったです。にもかかわらず、予想落札額が低くて驚きました。私どもキャサリンズで出品していただければ、二十万ドルは下りません」

「に、二十万ドル？」

「もっと高額をお望みですか？」

安村は必死に平静を装いながら、さすがキャサリンズだと唾を飲み込む。東京オークションは冬城美紅のように優秀な社員がそろっているとはいえ、日本国内の市場が主なので入札者も限られている。キャサリンズの方が顧客のパイプは圧倒的に太いのだ。

「二十万ドルなんて、私には願ってもいない大金ですが、もう今更ですし……」

返答に詰まっていると、アイザックは不敵な笑みを浮かべた。

「〝秩序だったカオス〟をご存じですか？」

唐突な一言ではあったが、安村はすぐにピンとくる。

「ポロックの言葉ですね」

「さすが、安村さま。お詳しい」

「いえいえ、たまたま知っていただけですよ」と謙遜しながらも、自尊心がくすぐられて笑みが漏れる。

「そう、藍上潔が若い頃に影響を受けたジャクソン・ポロックの芸術は、ときに〝秩序だったカオス〟と呼ばれます。一見して運任せの無作為な作品に思えて、じつはポロックによって周到にコントロールされた美なのです。むしろ、あらゆる美がつねにコントロール下に置かれている。偶然生まれたと見えるような美ほどです」

話の筋が見えない安村に、アイザックはつづける。

「つまり、運や偶然に任せていては、結局のところ夢は成し遂げられない。われわれキャサリンズの社員はそのことを肝に銘じています。もしわれわれに作品を任せていただけるなら、どんな手を使っても高額で落札させてみせます」

「どんな手を使っても？」

「ええ、他ならぬ安村さまのためですから」

安村は虚栄心のメーターが振り切れた。これだ、これだからやめられないのだ。特別扱いされているという実感を得られることが、安村にとってアート・コレクションの醍醐味だった。自分は大切にされるだけの価値ある人間なのだ、という充足感は麻薬である。

「少し待ってもらえますか？　この段階になって出品を取り下げられるかどうか、東京オークション側に訊いてみます」

「いつでもご連絡ください」

アイザックは一礼して、その場を去っていく。

脚が長く優美なうしろ姿に見惚れていると、その先に見覚えのある人物が現れた。東京オークションの社長、栗林氏ではないか。栗林氏は安村の方には気がつかず、アイザックに軽く手を上げて合図したと思ったら、二人で並んで歩いていった。いったいどういう関係なのだろう。疑問が浮かぶが、着信音でかき消された。冬城美紅からだった。

「もしもし、安村さま。まだ会場の近くにいらっしゃるようでしたら、少しお時間をいただけないでしょうか？」

「ああ、僕の方もお話があるんです」

「左様でございますか。どのようなお話でしょう？」

快活な美紅の声に、安村は返答できない。今更出品を取り下げれば、美紅には多大な迷惑をかけることになるだろう。アート購入をはじめた頃から数え切れないほど世話になってきた恩を踏みにじるようで、安村は葛藤する。とくに今回の作品に関しては。

「……まず、僕がそちらに行きますよ。話はそれからで」

「承知いたしました」

通話を切って、安村は太い息を吐いた。

――自分を見失っている。

なぜか妻の一言が、頭のなかでこだました。

＊

凜太郎が顧客対応の合間に会場を歩いていると、藍上作品の前で女性と話しこんでいる安村がいた。あれは奥さまだろう。作品が会場に飾られているのを見てもらえてよかったな。ほほ笑ましく見守っていた矢先、女性の方だけこちらに歩いてくる。なぜか険しい顔をしていた。

「奥さまでいらっしゃいますか。ご来場くださり、ありがとうございます」

笑顔で挨拶したが、奥さまはビクリと肩を震わせた。

「ああ、こんにちは……えっと……」

「東京オークションの小洗凜太郎と申します」

「そうですか、妻の佳代子です。夫がいつもお世話になっています」

佳代子は遠慮がちに頭を下げてふり返るが、安村の姿はなかった。

「このたびは素晴らしい作品を弊社に預けていただき、誠にありがとうございます」

「素晴らしい、ですか」

「ええ、その通りです。今回安村さまの貴重なコレクションを扱うことができて、大変ありがたく感じています」

「はぁ、ありがたいと……」

佳代子は口元を歪めたまま、黙りこんだ。

さすがの凜太郎も、オウム返しの連続に不穏な空気を感じとる。

「あの……他の作品もご覧くださいましたか？」

「いえ」

素っ気なく答える様子からして、もしかすると佳代子はアートにさして興味がないのかもしれない。凜太郎が戸惑っていると、佳代子は多少穏やかになった。

「これから拝見させてもらいますね。私も夫と同じく、アート作品を見るのは前から好きだったんです。独身の頃は一人で美術館に行くこともあったくらいで、昔は夫ともよく出かけました。ただ、最近はそんな気分になれなかっただけで」

凜太郎はなんと答えればいいのかわからない。

「お忙しかったら、私の対応なんてしなくて大丈夫ですよ」

「いえ、そんな」

たじろぐ凜太郎にかまわず、佳代子は声のトーンを落として言う。

「夫は感覚が麻痺しているんです。そのせいで家族は長いあいだ被害にあい、振り回されてきました。本当のことを知ったら、小洗さんも夫に対して百八十度違う印象を持つと思います」

誰でもいいから愚痴をこぼしたかったのか、それとも、アート業界にいる凜太郎にも責任があると咎めているのか。凜太郎への語り口には、さきほどの気遣いの言葉とは裏腹に、私の話を聞いていきなさいという強制的な凄味があった。

「出会った頃、夫は今みたいな人じゃなかったんです。少なくとも価値観がズレているとは感じませんでした。逆に、堅実な人柄に惹かれたんです。当時はまだバブルの名残りがありましたが、浮ついたところのない人だったので、一緒にいると安心しました」

中小企業の経理課で働いている安村は、昔は趣味に大金を投じることはなく、金銭感覚もきわめて堅実なほうだったらしい。一方、同業である佳代子も、お金の使い方には厳しい家で育ち、節約が趣味みたいなところがあると自ら語った。

「だから夫があの作品を買ってきたときも、まさかそのあと、ここまでのめり込むとは思ってなかったんです」

そう言って、佳代子は藍上の《無題》がある方を向く。巨大な抽象絵画は、彼女の目にどううつっているのだろう。

「えっと……安村さんがはじめて買った作品とお伺いしました」

著書の内容を思い出しながら、凜太郎は問う。

「ええ。驚きましたが、なにより嬉しそうだったし、真面目な主人にひとつ宝物ができてよかったとさえ思いました。好きなことがあるっていいことじゃないですか。誰かを応援したいっていう気持ちもわかるし。ただ、高額の投資をしたり、私生活をないがしろにしてまで打ち込むべきじゃないですよね」

安村は以後もアートの購入をつづけ、少しずつ人が変わっていった。まだ小さかった娘が熱を出しているのに、一人で海外のフェアに出かけていったときは、佳代子もさすがに呆れたという。そもそも作品の購入費だって、そんなものがあるなら本来は娘の教育費として貯金しておきたかった。

「夫は、生活費はちゃんと渡しているんだから、残りは好きに使っていいだろうって言うんです。共働きだしって。正論にも聞こえるけど、どうしても許せなくて」

佳代子は黙りこんだ。「……どうして許せないんだろう」

悲しげな呟きに、凜太郎は返す言葉がない。

「東オクの方だから言いますけど、夫が好きなことなんだから許してあげたい気持ちもあるんです。でも最近ではメディアに露出するようになって、さらに夫が別人になったように感じられます。なにかが憑依したように見えてしまうんですよ。自己顕示欲っていうんですかね、とにかく他人からの尊敬を集めたいっていう欲望が伝わってきます。実力が伴っていないのに。服装のセンスだってないし。それに……」

ここまで奥さんからの評価が低かったら、安村もつらいだろうなと同情しながら、「それに？」と凜太郎は促す。

「ある記事をたまたま新聞で読んだんです。駆け出しの若い女性画家に付きまとう中年の男性コレクターがいるっていう内容でした。女性アーティストの作品を買うたびに、もしかして、夫の真の目的はこれなんじゃないかって疑うようになって。へんな世界ですよね、アートって」

佳代子の言う通り、金を払う側なのをいいことに、セクハラまがいの迷惑行為に走る客もいるのは事実だった。つくり手が存在するアート収集は、ある意味、推し活的な側面もあるのだ。

「安村さんはそんな方ではないとは思いますが」

「そうじゃなきゃ困ります！　でも疑ってしまうのを止められないし、私はやっぱりアートをよく理解していない夫がどんどん作品を買うことに嫌悪感があるんです。単にお金の問題ではなく、もっと根本的なところで受け入れられません。小洗さん、あの人、芸術のセンスがあるように見えますか？」

「え、ええ、それはもちろん」

「お優しい方ですね。本当はプロの方たちから小馬鹿にされてるんだろうなって、私は妻として情けないです」と、佳代子は目を伏せた。

凜太郎はしどろもどろになりながら話題を変える。

「ところで、安村さんとは話し合われたんですか？」

「以前は。でも聞く耳を持ちません」

佳代子は《無題》を睨みながら言い、凜太郎はふと思う。佳代子が安村のアート収集を許せない本当の理由は、嫉妬もあるんじゃないだろうか。夫が自分や家族に対して向けるべき時間やお金を、代わりに捧げているアートというものに対して恨みを抱いているのではないか。佳代子はまだ安村に愛情が残っているのは口ぶりからも伝わるし、すれ違ったままなのは残念だった。

「私ってば……長々と愚痴ってしまい、本当に申し訳ありません」

「僕たちもなにも知らずにすみません」

「いえ。謝るのはこちらの方です。すべては夫の責任です。話しながら、やっぱり確信できました。庶民のくせに身の程を知らず、舞いあがっている夫が悪いんです」

佳代子はそこまで話すと、「では、失礼します」と去っていった。


凜太郎はコンビニで昼食を買ったあと、屋外テラスに向かった。快晴に恵まれた東京湾をぼんやりと眺めながら、安村や佳代子と話したことについて考えていると、社長が煙草(たばこ)を吸いにやってきた。この辺りは数少ない喫煙スペースでもあった。

他の業務で手いっぱいの社員に代わり、社長は爆破予告の件を一手に引き受けている。全員に共有された情報によると、方々とやりとりして検討を重ね、警備を強化して会場も変更することで、中止は免れそうだった。

「暗い顔して、どうした?」

「じつは——」

凜太郎は迷いながらも、安村夫妻とのやりとりを社長に報告する。社長は煙草をくゆらせながら、耳を傾けていた。

「うちは大丈夫だけど、安村さんは方々で支払いが滞っているんだよ。本人は絶対に口には出さないけど、アート収集という蟻地獄から抜け出せなくなる人は多い。安村さんもその一人かもな」

「えっ？　でも佳代子さんからは、生活費は入れてくれていると聞きましたし、メディアでの安村さんのイメージとかけ離れていませんか？」

「口先だけの建前なら、誰だってなんとでも言えるものさ。高額な割に一歩間違えばガラクタでしかないアートの収集は、あまりにハイリスクで安村さんが語っている理想ほどに簡単じゃないよ」

冷たく言い放つ社長は、安村に対する呆れのせいというよりも、身を以てそのことを知っているからこその切実な響きがあった。たしかに自分が佳代子だったら、二人のものであるはずのお金を好き勝手に使われて、子育てにも協力してもらえなかった過去もあるので、とっくに安村と別れている。

「ただ、佳代子さんはどうして許してあげられないんだろうって悩んでもいらっしゃいました。悩むというのは安村さんへの想いがまだ残っているからだと思うんです。でも僕は有益なことをなにも申しあげられなくて」

「なるほど」と、社長はしばらく考えてから煙を吐きだした。「藍上潔に因んで言うと、ポロックも駄目な夫だったのは知ってるか？」

「そうなんですか」

「ああ。ポロックの妻はリー・クラズナーといって、同じくむちゃくちゃな夫との関係に苦労させられていた。二人ともペインターであり似たようなスタイルだったにもかかわらず、夫の方だけ巨匠としてもてはやされ、妻は夫の名声のせいで割を食ったかたちで過小評価された。しかもクラズナーの心が離れると、ポロックは自分を慕ってくれる若い女性芸術家と不倫をはじめる」

「最悪ですね」

社長は肯いた。

「クラズナーの支えを失ったポロックは、自分を見失ったようにますます酒に溺れて、アルコール依存症もひどくなってしまった。そしてクラズナーが一人でヨーロッパに旅行しているとき、不倫相手と乗っていた車で大木に激突死する」

「波瀾万丈(はらんばんじょう)ですね……クラズナーはどうなったんです？」

「クラズナーは気難しい夫を支えるという重荷から解放されて、遺作を売ることで億万長者になった。画家としても成功し、多くの美術館に自分の作品をおさめた。でも生涯、ポロックを亡くした喪失感や悲しみを抱えつづけていたとも言われているんだ。一度は愛しあった関係だし、死ぬまで手放さなかった元夫の作品もあった。もちろん、本当のところはわからないけれど、愛があったと俺は思うよ」

「二人がポロック夫妻みたいになったら悲しいですね」

社長は肯くと、思いついたように「冬城には話した？」と訊ねる。

「いえ、まだです」

「冬城と安村さんは長い付き合いだから、いいアドヴァイスをくれるんじゃないか？　俺よりもよほど安村さんのことを理解しているし。なんせ冬城自身も子どもの頃から芸術と家族関係のことでは苦労してきたから」

「そうなんですか？」

「なんだ、まだ聞いてなかったのか。あいつの実家は骨董店なんだよ。とはいえ骨董とは名ばかりで、実質的にはリサイクルショップみたいなものでね。郊外によくあるだろ？　どうやって経営が成り立っているんだろうって不思議になるような古物店。冬城の実家も決して裕福じゃなかったうえに、骨董マニアにありがちな話で父親は安村さん以上のアート収集狂だった」

「知りませんでした」

「おっと、俺もこれ以上は言うべきじゃないかもな。詳しくは冬城から聞いてくれ」

そのとき、凜太郎のスマホに当の美紅から呼びだしがあった。

＊

安村は会場に戻りながら、美紅への伝え方を必死に考えていた。

今回のオークションはキャンセルにして、キャサリンズに出品先を変えることにしたと正直に言う勇気が出ないうえ、他に適切な言い訳も思いつかなかった。たとえば、作品を手元に置いておきたくなったとその場しのぎの嘘をつくことはできるが、いずれキャサリンズに出品すれば東オク側にも知られてしまうのだ。

安村は歩を速める。しかし自分は顧客だ。お客様なのだ。恩人とはいえ、美紅に気を遣うことはない。好きなオークションハウスに作品を出品して当たり前である。たとえキャサリンズに作品を持っていっても、美紅にとやかく責められる謂れはない。誰に責められたわけでもないのにくり返し自分に言い聞かせながら、安村はエレベーターに乗りこんだ。

ドアが開いたとき、会場の入口前に、待ち合わせていた美紅と凜太郎の他に、見覚えのある立ち姿の男性を認めた。安村よりもずっと年上だが、学生のような若々しい雰囲気をただよわせている。それはジーンズに黒いトレーナーというラフな服装のせいか、あるいは無精ひげのせいだろうか。

目が合って、考えるよりも先に言葉が出た。

「藍上さん……ですよね?」

藍上は鋭い目つきで「そうだけど、あんたは?」と安村を見据えてきた。

安村が声を詰まらせたのは、藍上の非友好的な反応に物怖じしたからではなく、長年応援してきた憧れの画家に、ついにお目にかかる機会を得られたからだった。これまで何度も会いたいと申しでたが、チャンスがなかった相手でもあった。感激する安村の代わりに、となりにいた美紅が助け船を出してくれる。

「こちらは安村さん。事前にお話ししていた、藍上さんの《無題》を出品なさるコレクターの方です」

「ああ、あなたが！」

藍上はいっぺんに表情を明るくすると、安村の手を両手で握ってくる。藍上の手は乾いているが温かく、強引なわりに握る力は柔らかかった。普段、誰かと握手することなんて滅多にないし、大好きな芸術家に感謝する側ならともかく感謝されるとは思わなかったので、安村はしきりに瞬きをする。

藍上の代わりに、美紅が事情を説明する。

「ご存じの通り、藍上さんは本来こういう場にいらっしゃいませんが、今日はご自身が十年以上前に描かれた幻の傑作と、また対面したかったそうです」

幻の傑作という大胆な褒め方も、美紅が言うと、単なるおべっか以上の効力があるから不思議だ。藍上も「いや、そんな大したもんじゃないけど」と、満更でもなさそうに頭に手をやっている。「今のタイミングを逃せば、つぎにいつ会えるかわからないですもんね」と傍らに立っていた小洗が、しみじみと言う。

「でも理由はもうひとつあるよ」

藍上は手を放すと、改まった口調でつづける。

「今日ここに来たのは、安村さんに一言お礼を伝えておきたいって目的もあったんだ。今まで頑張ってこられたのは、あなたのおかげと言ってもいいかもしれない。しかも、安村さんはサラリーマンだっていうじゃない。そのことを画商から聞いたとき、金持ちに買ってもらうより何倍も嬉しかったよ」

「いや、僕はなにもしていませんが――」

「そんなことはない！」

藍上は目を見開いて声を張った。

「あなたが俺の作品を買ってくれたとき、六十を過ぎた俺は、業界で終わった人として扱われていた。どれだけ描いても見向きもされず、このまま消えていくんだろうと自信も失っていてな。取り扱ってくれた画商からも、あのときの個展で作品が一点も売れなければ匙を投げられていただろう。でも個展の最終日に、一点だけ売れたという連絡を受けた。それがあの《無題》だよ」

はじめて画家本人の口から聞く事実の重みに息を呑みながら、《無題》を見つめる。世界各地で大規模な回顧展ツアーを成功させている今でも燦然と光る、唯一無二の傑作だった。描いた当時の藍上が自信を失くしていたとは、誰が想像できるだろう。

「もちろん、作品が売れなくても俺は俺だ。誰になんと言われようとね。でも今の藍上潔があるのは、安村さん、あなたがいたからだよ」

安村は美紅の方を見上げる。美紅はいつもの不敵な笑みを浮かべながら、黙って美しい目でこちらを見ていた。一瞬、アイザックとのやりとりを見透かされている気がして、鼓動が速まる。

自分はこの人を、オークションの女神を、裏切るのか。

十三年前、安村は帰宅途中でふらりと立ち寄った画廊で、藍上の作品と出会った。

職場と自宅とを往復するだけの単調な日々のなかで、いつもは素通りする画廊に、その日はじめて立ち寄った。ガラス扉の向こうに心惹かれる作品が見えたからだ。吸い寄せられるように、藍上はガラス扉を開けた。白い壁に囲まれた静かな空間で、安村は展示されている作品を一点ずつまじまじと眺めた。どれも絵具が自由に躍っている。よくわからない作風だが、見つづけるほど心惹かれた。

受付に置かれた作品の価格表を手にとると、気になった一点は《無題》という題名で、二十三万円らしい。もちろん高額に感じられたが、これだけの大きさの作品で二十三万は安すぎじゃないかとも思った。こちらは素人だから当然だが、乱雑に描いているようで、その実少なくとも自分には描けそうにない。値段の妥当さについて安村は考え込んだ。

――もう、筆を折るそうですよ。

数秒ほど、自分が話しかけられているとは思わなかった。

ふり返ると、先客だった若い女性が、少し離れたところから《無題》を眺めていた。

――そうなんですか？

非日常な場とあって、初対面の女性にもかかわらず自然と会話をはじめていた。

――私、つくり手の方と面識があるんです。描きつづけるのは大変だ、どうせ売れないからもうやめるっておっしゃっていました。

――それは……残念ですね。

本心からの言葉だった。すると、女性は名刺を差しだした。東京オークションという会社で働いているらしい。彼女は藍上という芸術家について、どんな経歴を持ち、どういった人柄なのかといった話をしてくれた。聞いているうちに、安村の心に、誰かを応援したいという純粋な感情が芽生えた。生まれてはじめての感情といっていい。この初老の芸術家を元気づけたい。落ち目の芸術家という境遇が、会社で軽んじられている自分と重なったせいかもしれない。

――購入を検討なさっているんですか？

女性は、安村が手に持っている価格表を指した。

――いやいや！　私なんて平凡なサラリーマンです。購入なんて無理ですが、ちょっと気になってしまっただけで。

——買っておいた方がいいですよ。

唐突だったが、きっぱりとした口調だった。

画廊のスタッフでもない、見ず知らずの、しかも二十歳そこそこの女性から、きっぱりと購入をすすめられるとは思わず、安村は困惑した。女性は知的な話し方でつづける。

——藍上潔さんは近いうちに再評価されます。私も可能なら購入したいですが、就職したばかりなので予算がないんです。今はこんなに値段が下がっていますが、確実に上昇の兆しがあるので、これ以上いいタイミングはありません。

——株や投資のような物言いですね。

——メカニズムは似ていますね。ただ、本質は全然違いますよ。

女性はにこりともせず髪をかき上げた。媚びも迷いもないまなざしに、いつのまにか安村は心を決めていた。

まもなく藍上のもとに、アシスタントや所属する画廊のスタッフがぞろぞろ現れてともに去っていった。

「あのとき、どうして僕にすすめてくれたの？　これを買った方がいいって」

小洗凜太郎の前だったが、安村はもう自分をとりつくろいたくなかった。先見の明があるカリスマ的なコレクターを演じるのに疲れた。他人からの評価なんてどうでもいい。今はそれよりも本来の自分を取り戻したい。家族のためにも。

美紅は眉を上げ、こう答える。

「安村さまの気持ちが伝わったからです。でも身の程知らずはいけませんね」

冷たく突き放すような言葉に、安村は身構える。顔を上げると、美紅はいつのまにか笑みを消していた。

「アート・コレクションというのは、世界でたったひとつしかない作品が手に入るという点では、どんなブランド物や高級品よりも価値があります。安村さまも、その魅力を身を以てご存じだから、今までつづけてこられたのですよね？　しかし欲が絡んだとたんに胡散臭くなるのは、とても残念なことです」

安村は頬を平手打ちされたような気分だった。最近の自分は欲まみれだった。世間の注目を集めたい、アート業界で認められたい、妻に自分を認めさせたい。どれも個人的な私利私欲だった。

——自分を見失っている。

たしかに妻の言う通りだ。アートを買いたいと最初に思った理由を、安村はいつのまにか忘れていた。最初は、誰かのため、人のためにはじめた自己満足の行為であり、結果なんて気にしていなかった。

「妻には改めて謝らなきゃいけない……こうして好きなことをつづけてこられたのは、妻の存在あってこそなのに」

思わず本音を漏らすと、傍らで話を聞いていた凜太郎が一歩前に出てきた。

「安村さん、どうか今のお言葉を奥様に伝えてあげてください！」

「えっ、どうして君が急に？」

「すみません。でも僕、さっき奥様と少しお話ししたんです」

凜太郎から簡単に事情を聞き、佳代子と話さなくちゃいけないと痛切に感じた。謝りたい。佳代子は今どこにいるのだろう。もう帰っているだろうか。だとしたら追いかけなければならない。安村は東京オークションの二人に別れを告げ、有明駅へと走りながら、スマホを取ろうとポケットに手を入れた。そのままにしていたアイザックの名刺が指に触れる。今回彼に連絡するのはよそう、と安村は決意した。

＊

日の沈みきった湾景を窓越しに眺めながら、凜太郎は給湯室でコーヒーを淹れた。今日もなんとか終わった。オフィスに戻って、コーヒーと一緒に安村から差し入れでもらった〈ふたば〉のたい焼きを美紅のデスクに置くと、「気が利くじゃない」と褒められた。周囲の社員が出払っているのを確認してから、凜太郎は声のボリュームを落として訊ねる。

「美紅さんのご実家って、骨董店なんですか？」

　美紅はキーボードを打つのをやめて、こちらをじろりと睨んだ。凜太郎はまたいけないことを訊いてしまっただろうか、と冷や汗をかきながら怯える。しかし美紅は無言で、たい焼きに手を伸ばした。頭と尾っぽ、どちらから食べるのだろうと思った矢先、なんと背中から大胆にかじった。

「新しい食べ方ですね」

「これが一番美味しいって気がついたの。適度に皮もあって、餡子も味わえる」

「僕もやってみます！」

「で、今度は私のプライベートを詮索してるってわけ？」

「そういうわけじゃないんですが……聞いちゃいけないことでした？」

「全然。たしかに実家は骨董店だったわよ」

　だった、ということはもう今はないのだろうか。

「その……僕もっと美紅さんのことを知りたいんです。アシスタントとしていい働きができるように」

　しばらくこちらを見つめたあと、美紅は「どうぞ」と言って腕を組んだ。「質問があるんなら」

「じゃあ、遠慮なく。骨董店はもうないんですか？」

「両親は二人とも亡くなっているから。ちなみに、凜ちゃんが想像しているような骨董店とは全然違うわよ。閉店間際の頃はあまりにも雑多に物が置いてあって、よくゴミ屋敷と勘違いされたくらい」

淡々と話す美紅に、凜太郎は問う。

「どういった物を扱っていたんです？」

「美術品の他にも、年代物の家具や古道具、骨董品の範疇に入ればなんでも扱ってたわ。父はどんな物にも敬意を払って、とくに価値を見出したお気に入りは、誰がなんと言おうと大切にした人なの。あれほどの骨董狂いには、他に出会ったことがないわ。社長も顔負けよ」

なつかしそうに目を細めると、美紅は黙りこんだ。

「私が実家の店から学んだのは二つ。ひとつは物の価値なんて不確かだってこと。置かれる場所や見せ方、売られるタイミングによって天地ほど違う。もうひとつの学びは、その価値を決定する権利は、持ち主や見る者に委ねられているってこと。結局、美術品の本質なんて信じられるかどうか。アートは理解するものでなく、信じるものだから」

言葉の意味を考えている凜太郎に、美紅はつづける。

「他に訊きたいことは？」

「えっと……栗林社長とは、長い付き合いなんですか？」

「栗林社長は実家に通ってくれていたお客さんなの。コレクションをうちに売りにくることもあったわ」

「栗林社長って、以前は外資系銀行で投資をなさってたんでしたよね？」

「そうよ。あら、噂をすれば」

美紅の視線を追うと、オフィスの入口から栗林社長が現れた。なにやら、その場にいるスタッフを全員集めて、緊急に話したいことがあるという。オフィスの談話スペースで中心の席につくと、社長は言う。

「爆破予告の件で進捗（しんちょく）があってね。コンビニの防犯カメラに、うちへのＦＡＸを送ったときの映像がうつっていたらしい」

掲げられた社長のタブレットには、コピー機の前で黒いパーカー姿の何者かが立っている写真があった。周囲の設備の大きさと比較して、身長は百六十前後だろうか。パーカーは身体のサイズに対してゆとりがあり、ズボンも大きめである。少なくとも大柄な人物ではなさそうだ。

「女性……？」と、美紅が呟く。

「かもしれない」

凛太郎はもどかしくなって社長に訴える。

「もう少し顔がわかればいいんですけどね。アート市場界隈の人ならわかりそうなのに」

「顔の知られた人物がカメラの下で実行するかな。関係者の家族なども考えられるぞ」

社長の一言で、安村の妻、佳代子の不満げな表情が、凜太郎の頭をよぎった。

オークションまで、あと二日——。

明後日になれば、すべて終わっているはずなのに、遠い未来のことに思えた。

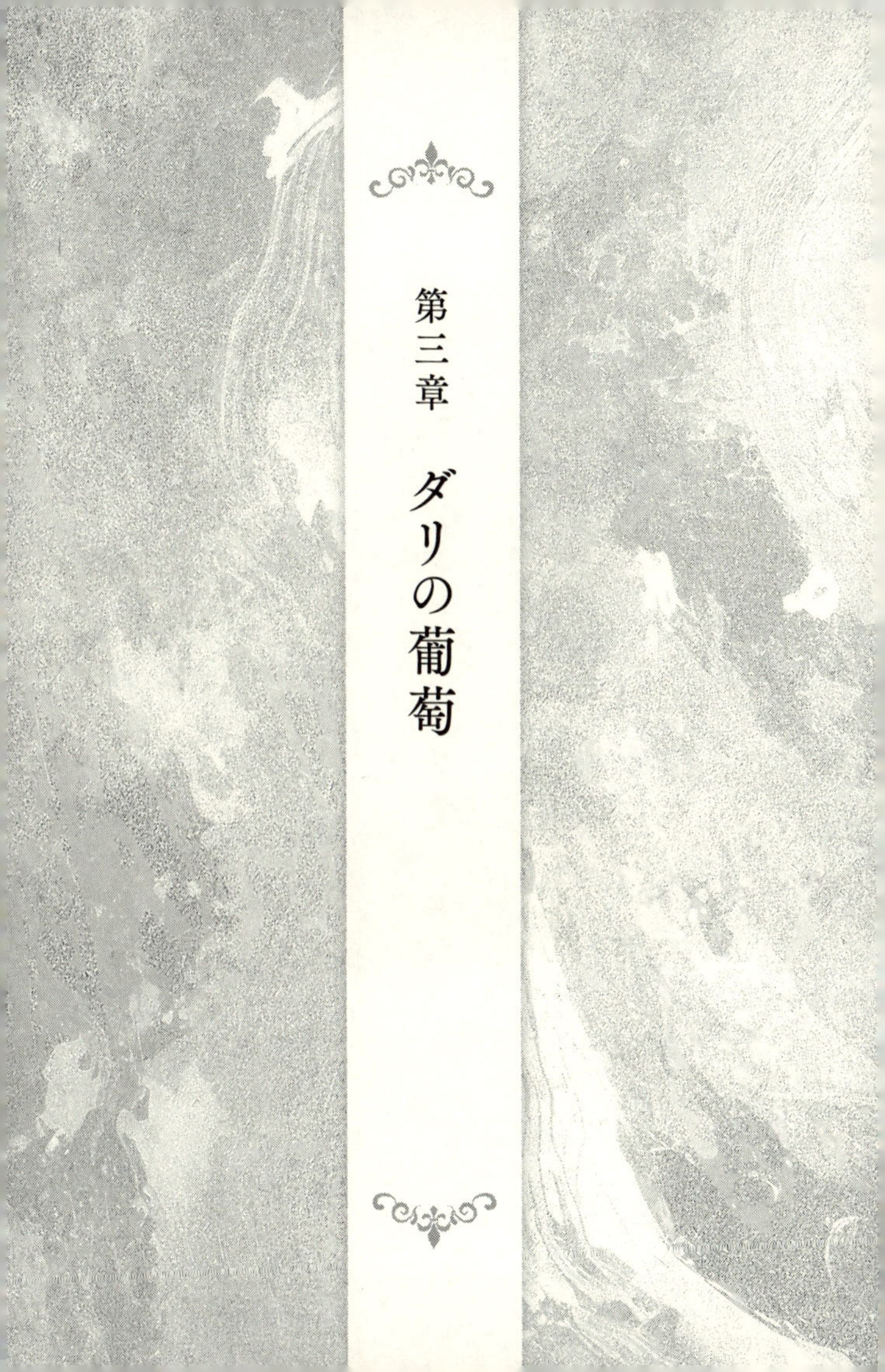

# 第三章　ダリの葡萄

「お電話ありがとうございます、東京オークションです」

女性オペレーターの聞きやすい声がした。

すみません、間違えましたと、今すぐ通話を切りたい衝動にかられる。しかしスマホを持つ手に力を入れ、なんとか思いとどまる。

「あの、に、日曜日のオークション、本当にあるんですか？」

質問の意図がわからなかったのか、オペレーターは数秒ほど間を置いた。

「ええ、もちろんでございます。午後二時より、東京オークションの会場にて開催する予定でございます」

マニュアル化された明朗な答え方が、不安を膨らませる。でも今週、爆破予告がありましたよね？　会場に集まった人たちを危険にさらしてもいいんですか？　そう訊きたくてたまらないが、そんな質問をすれば、当然、なぜ知っているのかと疑われる。この通話は録音されているらしい。警察に届けられ声を分析されれば、正体を突きとめられる恐れだってある。

では、どうすればオークションを中止にできるか。今、相手になんと言えば——。

いくら考えてもわからなかった答えが、急に浮かんでくるはずがなかった。

「お客様?」

こちらが黙り込んでいるので、オペレーターが確認してくる。「このたびはどういったご用件でしょうか?」

その口調は心なしか、こちらを警戒しているように聞こえた。鼓動が速まる。

「もう結構です」

一方的に言って通話を切ると、目の前のパソコンに東オクのホームページが表示されているのが目に入った。これまでオークション中止の告知を期待して、何十回、何百回とひらいた画面である。しかしホームページでは、逆に一人でも多くの集客とセールスの盛況を宣伝している。窓口に電話をかけるまでは、対応が遅れているだけだと自分に言い聞かせていたが、オペレーターにはなんの異変も感じられなかった。もはや我慢ならない。なんとかして、あれだけは食い止めなければ。本当に爆破することになったとしても――。

＊

午後五時頃、凜太郎は美紅とともに、ミズクボギャラリーに向かった。ミズクボギャラリーは東京オークションと同じ有明エリアにあり、互いに徒歩圏内に位置する。比較的若手のアーティストを十名弱抱えた、小規模なプライマリー・ギャラリー、つまり作家から直接作品を預かって売る代理画廊だが、スペースには大勢の人が集まっていた。

「展覧会の開催おめでとう、水久保くん」

赤いリボンで飾られたお祝いのシャンパンを美紅が手渡すと、オーナーである水久保良平は人のよさそうな笑みを浮かべて受けとる。オーナーといっても四十代前半で、ギャラリストとして独立して十年目だった。洗練された細身の黒いスーツを着こなしつつ誰に対しても腰が低い。美紅とは気が合うのか、普段からよく食事に出かけたり情報を交換したりと仲が良い。

「盛況ね」

「おかげさまで、コダマの作品がSNSで話題になってるみたいで」

水久保は嬉しそうに頭に手をやった。

今日から展示がはじまった、二十八歳の新進気鋭アーティストであるコダマレイは、ミズクボギャラリーが方々に売り出し中の一人だ。

「コダマにとっても自信のある展示なんだって」

壁にかけられた絵は、一貫して人の顔をモチーフにしている。メディアでよく見かけるセレブやタレントもいれば、教科書に載っている歴史上の偉人や政治家の他、ピカソやウォーホルといった芸術家の肖像画もずらりと並んでいる。ただし、どれも荒々しく原色を用いた筆致で歪められ、記憶のなかのイメージのように曖昧だ。なかでも美術史の巨匠の顔や作風を引用するシリーズは、大売れとは言わないが徐々に注目が集まっており、市場価格にも反映されはじめていた。

「例の《ダリの葡萄》も、問い合わせが多いのよ」

今回、水久保が個人名義で東京オークションに出品するコダマの《ダリの葡萄》は、その名の通り、ダリの肖像画だ。デフォルメされながらも、跳ね上がった長い口髭とぎょろりとした目が、ダリの特徴をとらえた一枚である。

もともと水久保が独立する前にコダマから直接購入したもので、満を持して、東オクから競売にかけられることになった。予想落札額は五百万円だが、国内外でコダマのファンが増えている今、もっと高くなるかもしれない。

「当時、僕はあの《ダリの葡萄》をコダマから五十万円で買ったんだ。コダマの生活費の足しになればと思ってね。うちの所属なのはそれがきっかけなんだ。だから僕たちにとっても、コダマのキャリアにおいても、重要な一枚なんだよ。自分の利益のためというより、コダマにもっと有力なアーティストになってほしいし、うちのスタッフにも還元していきたいから」

水久保は真剣な口調で、美紅に訴えた。

「最善を尽くすわ」

「頼むよ、美紅さん」

水久保は拝むように頭を下げた。急に変わった態度には、ただならぬ切実さがあった。しかし凜太郎が口を挟む前に「小洗くんも元気そうだね」と、水久保は気さくに声をかけてくる。

「美紅さんのアシスタントは忙しいんじゃない？」

「いえいえ、勉強になることばかりです」と、凜太郎はかぶりを振ってから、水久保の視線を追って、展示室を見回す。「本当にすばらしい展覧会ですね。僕、コダマレイさんの作品は学生時代からずっと拝見していたので、今のお話は感動しました。ギャラリストとアーティストの関係っていいなって」

「ありがとう」と、水久保は照れくさそうに笑う。

「御社の所属アーティストって、他にも魅力的な方が多いじゃないですか。ギャラリストって見る目が一番大事なんだなって実感します」

「そう言ってもらえると嬉しいけど……」

頭に手をやりながら、なぜか水久保の顔が曇った。あれ、また失言してしまっただろうか、と凜太郎はもはや癖のように考える。とはいえなにも発言しないよりもずっとマシだと開き直っていた。幸い、水久保はすぐに明朗な調子に戻った。

「たしかにうちでは、僕自身も買いたいと思ったアーティストしか扱ってないんだ。運命を共にするだけの覚悟がないとね」

そのとき、水久保のアシスタントが近づいてきて、彼に耳打ちをした。作品についての問い合わせがあったようだ。「ではまた」と断って笑顔でアシスタントと歩いていく水久保の姿を、凛太郎は応援しながら見送った。

「まぁ、でも《ダリの葡萄》の結果がダメでも、水久保さんは見る目があるから、うまくやれそうですよね」

オフィスに戻る道中、凛太郎が何気なく告げると、美紅は語気を強めた。

「あのね。あなたが思う以上に、水久保くんにとって今回のオークションは、生きるか死ぬかの大勝負なのよ」

「えっ、そこまで言います？」

美紅は呆れたように「よく考えなさい」と息を吐いた。

「ギャラリー経営は屋台骨を支えてくれるスター作家がいないと成り立たない厳しい世界よ。それなのに、ミズクボギャラリーが抱えるのは新人や若手ばかりで、そこまでの売れっ子はいない。大きなアートフェアに出品する余裕もないだろうし、いわば崖っぷちの自転車操業でしょうね」

「でも今日は大勢のお客さんが入っていたし、それなりに知名度も高いんじゃ――」

「ギャラリーっていうのは展示に人が集まってどれだけ有名になっても意味がないの。作品が売れないと、なんの利益にもならない。逆に言えば、一般にはまったく知られていなくても、いつも買ってくれる太い客がそれなりの数いれば、安心してやっていける。その点、水久保くんはまだ若いうえに世襲でもないから、富裕層とのつながりに乏しい。まぁ、一人いるにはいるらしいけど、いろいろと苦労してるみたいだし。ギャラリストは見る目が大事って凜ちゃんは言ってたけど、それだけじゃだめなの。商才っていう、もうひとつの重要な能力がないと」

「そんな」と、さきほどの発言を悔いる凜太郎をよそに、美紅はよどみなくつづける。

「むしろ、信念やセンスがあっても、売り込む力がなければかえって所属するアーティストや顧客を不幸にすることになる。商才のないギャラリストは悪。いくら人が良くても悪党ね。存在しない方がいい」

「そこまで言い切りますか」

凜太郎は泣きそうになる。美紅は水久保と仲が良さそうに見えて、じつは実力を認めているわけではないのか。合理的と言えばそうだが、美紅の指摘はあまりにもシビアで、きれい事だけではやっていけないという現実を、凜太郎に思い知らせる。美紅はこちらを無視して、さっさと歩調を速めた。

「でも今は、自分たちの心配もしなきゃならない」

「というと?」

美紅は少し声のトーンを落として「爆破予告のことに決まってるでしょ」と呟く。

まだ気にしていたのか、と意外だった。予告は一度きりで、その後なにも起きないので、凜太郎には単なるいたずらのように思える。社長を含めた他の社員も話題にしなくなっていた。

「あれは愉快犯じゃない。きっと動きがある」

「どうしてそう思うんです?」

しかし凜太郎の問いに、美紅は答えなかった。

オフィスに到着するまで、ただ考え込むように黙りこんでいた。

＊

午後六時を過ぎた頃、客足が途絶えた。

水久保はいったんアシスタントにギャラリーを任せて、バックヤードに戻ってパソコン仕事をすることにした。メールの返信が溜まっている。顧客対応などの重要な連絡を先にさばき、他の細々(こまごま)とした業務は後回しにした。ミズクボギャラリーは現在、人手がまったく足りず、今いる三名のスタッフ一人一人の仕事量も限界に達しているが、これ以上雇用を増やす経済的な余裕もない。独立したことを後悔したくはないが、それでも最近、水久保はことあるごとに自分のギャラリストとしての器量を疑わずにはいられない。本当に独立してよかったのか、無謀な挑戦だったのではないかと。

目頭を揉んでいると、デスクに置いていた、明日競売がある東京オークションのカタログが視界に入った。手にとって、付箋の貼られたページをひらく。《ダリの葡萄》を眺めながら、コダマとの思い出を反芻した。

――ワインをつくるには、葡萄を育てる変人、それを見張る賢人、醸造する詩人、それを飲む愛好家が必要なんだ。

それは水久保が、出会った頃のコダマに伝えた、ダリの有名な格言だった。この《ダリの葡萄》は、そんなやりとりをしたときに制作中だった一枚であり、コダマは水久保の言葉を得て、もともと《ダリ》だけだったのを改題したのだ。

十一年前、まだ大手ギャラリーに勤務していた水久保は、すごくいい絵を描く若手がいるという噂を聞いた。その若手は、江戸川区の外れにある広い廃屋を自ら改装して、数名の絵描きと共同生活しながらアトリエを構えていた。彼の絵をはじめて見たとき、水久保はいい意味で困惑した。これまで見たどの絵とも違って、心に強く響いたのだ。

とにかく才能を感じた。狭いアトリエいっぱいに絵がひしめいていて、描かずにはいられないという絵描きの性が空間全体に満ちていた。制作意欲はなによりも重要な才能だと実感していた水久保は、別れ際に名刺を渡した。しかし名刺に記された大手ギャラリーの名前を見ても、彼はぶっきらぼうな態度を変えなかった。溢れる若さと、たやすく自分の価値を他人に決められてたまるか、という芸術家らしい負けん気が伝わった。それがコダマとの出会いである。

——ギャラリーに所属する気はないの？

水久保が訊ねると、コダマは首を傾げた。

——わかりません。でも絵を売って、生きていきたいです。

それから定期的にアトリエに通い、コダマが多くの若い描き手から一目置かれ、愛されていること、幼い頃から絵を描くのが大好きで西洋美術の画集をバイブルにしてきたことを知った。だから巨匠の顔を、友人や家族と同じように描いているという。対話を重ねるうちに、水久保はコダマの才能を確信していた。

彼の作品なら、一生をかけて売っていきたい——。

そんな折、アトリエに制作途中のダリの肖像画があって、一目で欲しいと思った。夏の暑い日を連想させるような、砂漠で時計が溶けている代表作《記憶の固執》などでシュルレアリスムの画家として知られるスペイン出身の巨匠を、コダマは人間味あふれるカリスマとして色彩豊かに表現していた。

——ダリは、ワインについての名言を残しているの、知ってるかい？

水久保が訊ねると、コダマは首を左右に振った。

――〝ワインをつくるには、葡萄を育てる変人、それを見張る賢人、醸造する詩人、それを飲む愛好家が必要なんだ〟ってね。それはアートとも通ずる。ただつくり手がいるだけじゃ成立しない。画商が大切に預かって市場に届け、転売や流通を手助けし、コレクターという愛好家が正しく保管する。おかげで歴史に残る。

コダマは興味がない様子で、クロッキー帳に鉛筆でなにかを描きはじめた。話をしたくないのだろうかと思ったが、ふと覗きこむと、そこには葡萄からワインをつくる人たちがイラストで描かれていた。ワインを醸造している人物が、なんとなく水久保に似ている。話を聞いてくれていたのだ。水久保はコダマに向き直り、両手を差しだした。

――どうか君の葡萄を、僕に守らせてくれないだろうか？

水久保は独身だが、もし誰かにプロポーズをするときが来たら、同じような気持ちになるのかもしれない。コダマは少し考えてから、恥ずかしそうに肯いてくれた。しかし水久保が勤めていた大手ギャラリーでは、コダマの作品は売れない、の一点張りだった。そもそも国内の若手作家なんて商機もないしお荷物になるだけ、どうしても扱いたいのなら独立しなさいとけんもほろろだった。そこで、少なからず大手で働くことの窮屈さや不便さを感じていた水久保は、前々から迷っていた独立への準備をはじめた。コダマレイのおかげで、大手を辞める決心がついたと言える。

今の自分は果たして〝賢人〟もしくは〝詩人〟と言えるだろうか――。

そのとき、アシスタントから名前を呼ばれて、われに返る。

「桜井さんがいらっしゃっています」

名前を聞いて急に胃の辺りに痛みが走ったが、水久保は顔に出さずに「わかりました」とだけ答え、カタログを閉じた。

桜井厚子は六十代前半の女性コレクターであり、この日も濃い化粧と派手な服装に身を包んでいた。すっぴんになったら、卵くらいの大きさの顔しか残っていないんじゃないか、と悪い冗談を考えてしまう化粧の厚さだ。大蛇のような首飾りやどでかいイヤリングのせいか、近くで対面すると目がチカチカする。

「おはよう、水久保くん。今日もセクシーでカッコいいわね」といきなりセクハラまがいの発言を受け流し、水久保は「お越しくださってありがとうございます」と笑顔で対応する。

「今回の展示、楽しみにしてたのよ。なんだか作品は悪くないけど、展示のレイアウトがイマイチね」

いきなりダメ出しか。しかし水久保は「そうでしょうか」と笑顔を崩さない。

「そうよ。この絵とこの絵は逆の方がいい。あとで変えておいて」

こちらの意見はおろか、それが可能かどうかも聞かず、厚子は真っ赤な爪で作品を指し示した。

「ただ、このレイアウトは作家と話し合って決めたものでして――」

「残念だわ。せっかく今日は、たくさん買ってあげるつもりで来たのに」

言いたいことをすべて飲みこんで、水久保は頭を下げた。

「ありがとうございます。レイアウトを変更します」

「それでいいのよ」

かれこれ十数年来のコレクターである厚子の収集品は、美術館の企画展に貸しだされるくらいの質と規模を誇る。ミズクボギャラリーにとっては貴重な大口の顧客だが、なんといっても曲者(くせもの)だった。「買ってあげる」という一言を印籠(いんろう)のように振りかざし、わがままなことばかり言ってくる。やれ旅行やコンサートのチケットを手配してほしいだの、ショッピングに付き合ってほしいだの、アートに関係ない事柄でも水久保を秘書のようにこき使う。

「で、来週なんだけど、行きたいお店があるの。リンクを送っておくわね」

そしてよほど構ってほしいのか、接待の席を毎月のように準備しないと、厚子は気が済まないらしい。客の接待もギャラリストの重要な業務のひとつではあるが、こうも回数が多いと経費がかさむうえに厚子はよく飲む。そのうえ話が長くしつこいだけでなく、ボディタッチやプライベートに関する質問も多い。酔うと、ますますひどくなった。

それでも、せめてもの救いとして、厚子はアート好きで、コダマをはじめ若手アーティストの話をよく聞きたがる情熱はあった。もし厚子にアートへの愛さえも感じられなければ、とっくに縁を切っていただろう。投資目的で買い漁るビジネスライクなコレクターよりも、水久保にとっては我慢できる一面もあるのだ。

「承知いたしました」

「内心嫌だなって思ってるんじゃない？」

そうです、と答えられたらどれだけいいだろう。

「まさか。お誘いいただけて光栄です」

「よかった。価格表を送っておいて」

「ありがとうございます」と、深々とお辞儀する。

いくら厚子が理不尽なことを言ってきても、水久保は結局、彼女を追い返すことはおろか抗議さえできない。なぜなら、どんなコレクターも無下にできないほど、経営が危ういからだ。

「明日のオークションでも、何卒よろしくお願いします」

水久保が改まって頭を下げると、「ああ、そうだったわね」と、厚子は今まで忘れていたような口調で肯いた。コダマにとっても自分にとっても思い出深い大切な作品を、入手できようができまいがどうでもよさそうな横柄なコレクターに、必死に落札してもらおうとしている自分が情けなかった。

厚子が去ったあと、アシスタントに頼んで作品の配置を変えさせていると、以前働いていた大手ギャラリーの元同僚、西田英雄（にしだひでお）が現れた。デザインの凝ったスーツを身にまとい香水をぷんぷんと漂わせ、裕福そうなアジア系の男性を連れている。

「お疲れさま、水久保さん」

西田は水久保より三歳年下で、後輩だった頃は敬語だったが、水久保が独立してからはなぜかタメロをきいてくるようになった。

「来てくれてありがとう」

「こちらはコレクターのチャンさん。独立した元同僚がいるんだって話をしたら、興味を持ってくださったんだ。気が利くでしょ?」と、西田は大げさに言う。

名刺を交換すると、水久保もよく知る中華系IT企業の重役だった。水久保は展示内容について一通り説明するが、チャンはそもそもコダマの作品に関心がないらしく、早々に観終わると別件の電話をしにギャラリーを出ていった。

「ねぇ、ここって桜井さんみたいな人にも売ってるの?」

とり残された西田は、好奇心を隠さずに声をかけてくる。

「なんだよ、みたいな人って」

「だって桜井さんって、ものすごく接待させるじゃないか。とくに若い男性には目がなくて、ホスト扱いして逆セクハラするので有名でしょう？　おかげで、うちでは取引禁止になってるくらいだよ。水久保さんも身体を張るねぇ」

「おいおい、そんなことされてないよ」

水久保は嘘をついたせいで、笑顔が引きつる。

こちらを見つめる西田の視線に、同情の色が混じるのを認めた。西田は「まぁ、大変そうだもんね」と訳知り顔で呟くと、空気を変えるつもりか、聞いてもいないのに最近出張で行ったというマイアミのアートフェアの話をはじめた。パーティが大規模でセレブが大勢いたとか、持っていった作品は即完売したとか、好き勝手にしゃべりつづける。

前の職場にいた頃、西田は仕事があまりできず、水久保がさり気なくフォローすることが多かった。そんな水久保に西田はいつも感謝し、尊敬していると言ってくれた。しかし今となっては、その欠片（かけら）もない。あのまま会社に残っていれば、という考えが水久保の自尊心を蝕（むしば）む。

「マイアミのフェアは景気もよかったし、来年は出展したら？」

西田はこちらの焦燥感をよそに、デリカシーのない提案をしてくる。内実、ミズクボギャラリーは海外フェアへの作品輸送費はおろか、出展料さえ支払うのも厳しい。西田は嫌味で言っているのだろうか。

「そうだね、ありがとう」

もはや愛想笑いする気力も失くしたところで、ちょうど同行していた西田の客、チャンが戻ってきた。煌びやかな夜の通りへと去っていく二人を見送りながら、水久保は心底うんざりする。必死にとりつくろう自分が馬鹿みたいだった。


西田が去って一息つく間もなく、通りの向こうから所属アーティストのグループが歩いてくる。

「お疲れさまでーっす。コダマくんの展示を見に来ました」

「やぁ、みんなか。来てくれてありがとう」

口々に挨拶をすると、彼らは展示を見に思い思いに散らばる。

「あの、水久保さん。ちょっといいですか？」

声をかけてきたのは、金山麗華（かなやまれいか）だった。数年前にコダマから友人として紹介され、本人から「所属させてほしい」と強く頼まれた三十代前半の女性絵描きである。バーバリーのトレンチコートに、別のハイブランドの小さなハンドバッグを斜め掛けして、五歳になる息子の手を引いている。

「お話があるんです」

「そっか、ここでいい？」

「いえ、できれば二人きりで」

麗華から強い口調で訴えられ、水久保は嫌な予感を抱きながら応接室に案内する。麗華は息子を友人である別のアーティストに預けてから、水久保と向かいあうように腰を下ろした。

「単刀直入に言って、作品の前払いをしてほしいんです」

麗華は変わらず軽い調子だったが、水久保はいきなり気が重くなる。

「えっ、ど、どういうこと？」

「息子のベビーシッターを替えることにしたんです。身の回りの世話をするだけじゃなく、英語とかも教育してくれるサービスがあるんです、ナニーっていうんですけど。小学校受験も控えているので、ぜひ受けさせたいなって」

麗華は港区の広々したマンションに息子と暮らしている。裕福な実家からたっぷりと支援を受けているはずなのに、ことあるごとに金を無心してくるのは、絵描きとして自分一人の力で息子を育ててみせると意地を張り、たびたび両親と喧嘩をするためらしい。

「えっと……今のベビーシッターじゃ駄目なの？」

その一言で、麗華の目の色が変わった。

「可愛い息子にきちんとした教育を受けさせたいって思うのは、いけないことですか？

シングルマザーに育てられたからって将来的に馬鹿にされないように、息子には立派な子になってほしいんです！」

「いや、いけないと言ってるわけじゃないけど——」

　麗華は間髪をいれずに畳みかけてくる。

「このあいだ、水久保さんに何点か絵を預けましたよね。あれ、どうなったんですか？」

　ああ、と水久保はため息を吐いた。

「まだ売れてないんだよ」

「それ、おかしくないですか？　こっちは水久保さんに頼まれたから、時間と労力を費やして作品を描いて、それで水久保さんもいい作品だって賞賛して持っていったのに、支払いが生じないなんて」

　声を荒らげる麗華を、「落ち着いて」と水久保は宥める。

「最初にもしっかり説明したけど、うちは買取じゃなくて委託販売なんだ。だからマージンも五割という業界では良心的な数字になっているわけで——」

　誠実に対応してきたつもりだったが、麗華は話半分でスマホをいじりはじめ、不満そうに唇をとがらせた。

「でも契約書とか、交わしたわけじゃないですよね。それっていつでも交渉できるってことですよね」

「け、契約書?」と、水久保は気圧(けお)される。以前の大手ギャラリーでもそうだったが、この業界にはグレーな部分はグレーなままで済ませるという暗黙の了解がある。悪(あ)しき習慣ではあるが、今の水久保にそれを変えるだけの余力は残っていない。

「頼むから、面倒なことを言わないでくれよ」

「なにそれ」

なにそれ? 水久保は啞然としながら、さきほど西田に抱いた憤りが、ふつふつと再燃してくるのを感じた。そっちこそ、もっと売れる作品を描いてくれよ。ギャラリーは危機的な経営難にもかかわらず、いまだ頭角を現しそうな者すらいやしない。こちらが選んだアーティストとはいえ、君たちこそ帰属意識を持って真剣にやっているのか? 文句ばかり一人前で、なかなか新作を見せてこない。麗華にしても、先日やっと完成した三点を展示のために持ち帰っただけなのに、早くも支払いをしてほしいなんて、どれだけ偉そうなんだ? しかしそんな本心をすべて飲みこみ、水久保は穏やかに言う。

「こっちも大変だから、わかってくれないかな」

「もういいです!」

麗華はしびれを切らすように立ちあがった。

水久保が黙っていると、挑発的にこちらを睨みながら言う。

「我部(がべ)さんの気持ちがよくわかりました」

我部――麗華が吐き捨てるように口にした名前は、水久保の胸の奥を疼かせた。どれだけ意識しないようにしても、決して忘れられない存在。言い返せず、ただ固まっている水久保を置いて、麗華は「息子が待ってるんで」と応接室から出ていく。

どうしてこんなにうまくいかないのだろう。せめて今度の東オクの競売さえうまくいけば。コダマの《ダリの葡萄》さえ高値で落札されれば。もはや水久保はそのことしか考えられなくなっていた。失敗すれば、コダマもまた我部のように去っていくかもしれない。

そのとき、水久保の脳内で、か細い光が射した。

そうだ、あの手がまだ残されているではないか。名刺ファイルを手にとって、ページをめくる。あった、まだ捨てていなかった。しかしこれは紛うかたなき禁じ手だ。やってはいけないと頭では重々承知しているが、今の水久保はほぼパニック状態でその名刺を摑んでいた。記された番号に電話をかけると、数回のコール音のあとでつながった。

「あの、先日お会いした水久保という者です」

自暴自棄になるな。すぐに通話を切れ！　心のなかでもう一人の自分が絶叫する。しかしもう止められなかった。

「オークションでサクラを頼めるって、本当ですか？」

＊

三月の夜は、風が冷たい。午後七時過ぎまでオフィスにいた凜太郎は、美紅から夕食のお遣いを頼まれた。コートのポケットに手を入れながら、お弁当やお惣菜が売っているショッピングモールへと足早に歩いていく。道中、路地に面した雰囲気のいいカフェの店内に、水久保の姿を見かけた。

オープニングは終わったのか。また会うなんて奇遇だな、と思ったとき、水久保の向かいに座っている美女に目を留めた。あの人はたしか、と凜太郎は記憶を探る。オークションハウスに就職してから、一度会った人の顔と名前をなるべく覚えるために、名刺を定期的に見返すなどして工夫を重ねた甲斐あって、すぐさま閃いた。

「キャサリンズだ」

水久保と一緒にいるのは、キャサリンズによく出入りしている人物に違いなかった。一体どんな話をしているんだろう。よく見れば、いつも温厚でにこやかな水久保が、どこかおどおどして水を飲んでいる。店内には厚手のセーターを着た人もいるのに、水久保だけがしきりに汗を拭い、落ち着きなく周囲を見回していた。さっき美紅から、ミズクボギャラリーの危機的状況について聞いた経緯もあって、凜太郎は悪い予感を抱いた。これは美紅に報告すべきかもしれない。すぐさま建物の物陰に隠れ、電話をかける。

「もしもし、美紅さん――」

「海苔弁、完売してた？」

「いえ、違うんです！　まだ双葉亭には到着してなくて」

「なにかあった？」

凜太郎はスマホを持ち替える。

「はい。今、水久保さんをお見かけしたんです。名前はわからないんですが、美紅さんとキャサリンズで会った女性と二人きりなんです。それでちょっと水久保さんの様子がいつもと違ってまして……今、二人がいるカフェの前にいます」

「挨拶した？」

「いえ、僕のことには気がついていません」

「じゃ、写真を送って」

凜太郎は慌てて「無理です！」と返す。

「気づかれてないんでしょ？」

「普通に友だち同士でお茶してるだけかもしれません。盗撮するなんて良心が咎めます」

「そう思ってるなら、どうして私に電話してきたわけ？」

たしかにその通りだった。「やってみます」と言って通話を切り、凜太郎は通行人がいないタイミングを見計らって、ふたたび窓ガラスの前に戻り、生垣の隙間から腰をかがめてスマホを向けた。シャッター音が鳴り、心臓が跳ねるけれど、幸い、水久保も女性もこちらに気がついていない。すぐさま撮影した画像を美紅に送信した。一秒後にスマホが震えた。凜太郎はふたたび建物の物陰に戻って、「もしもし」と出る。

「その人、鷹倉(たかくら)チェリーといって、要注意人物よ。贋作(がんさく)を扱ったり、ヤクザなやり方で転売を持ちかけたり、悪い噂の絶えないコーディネーターでね。以前オークションでサクラを呼んだんじゃないかっていう疑惑もある」

「えっ、相当ヤバいじゃないですか！」

サクラとは、落札するつもりがないのに入札をして、他の入札者を煽(あお)って不当に落札額を吊り上げる者のことを指す。たいてい組織ぐるみで行なわれ、特定の入札者が標的にされることが多い。それをチェリーという名前であっせんしているとは、笑えないギャグみたいだ。

「仮に、水久保くんがコダマレイの《ダリの葡萄》の競売にサクラを仕込んで、落札額を不当に高くしようとしているならば大問題よ。追い詰められすぎて冷静な判断ができなくなっているのかしら」

「そ、そうですよ。いくらなんでも無茶です、水久保さんらしくないし」

「まずは探りを入れましょう。ちょうど今キャサリンズ主催のパーティがやってるはずだから」

「わかりました。あっ、双葉亭のお弁当はどうします？」

「それはもういいから帰ってきなさい」

硬い口調で美紅は通話を切った。店内の様子を窺うと、まだ水久保は深刻そうな表情で、鷹倉チェリーと話しこんでいる。周囲が一切目に入っていないように見えて、凜太郎の不安は膨らんだ。

＊

午後七時前、水久保は指定されたカフェで、自称コーディネーターの女性と向かいあって座っていた。もう少し奥まったところで話さないと、誰かに見られるかもと心中穏やかでいられないが、切りだすタイミングを失った。うしろめたさのせいで神経質になっているだけだ、と自分を落ち着かせる。

彼女の名前は、鷹倉チェリー。年齢不詳で、ぱっと見では同世代かと思っていたが、間近で向かい合うと、目元のしわやほうれい線に気がつき、自分よりもずっと年上かもしれない。店員が注文をとりに来るが、彼女は「コーヒーで」とだけ答え、水久保もそうした。手に汗をにじませて逡巡するこちらをよそに、チェリーは運ばれたコーヒーをダイヤの指輪のついた手で持ち、優雅にすすっている。
「水久保さんからは、お問い合わせいただけると思っていました」
思いがけない一言に詰まりながらも、「どうしてですか」と訊ねる。
「先日お会いしたとき、ご興味がありそうだったので」
そんなふうに思われていたのか、只者じゃないと感心しながら水久保は咳払いをする。
はじめて鷹倉チェリーの存在を知ったのは、一ヵ月ほど前にひらかれた他のギャラリー主催のパーティだった。前職の頃から付き合いのあるコレクターから、有能なコーディネーターだと紹介された。アート業界では素性の知れない者とよく出くわすが、彼女もまた
その一人だった。パーティのあと、そのコレクターと飲みにいくと、さきほどのコーディ
ネーターにサクラを頼んで作品を高値で売ったと打ち明けられた。水久保は耳を疑った
が、相手はバレない程度にみんなやっていると豪語した。
「本当に、手配していただけるんですか……その、サ、サ、サ……」
「サクラですね？」
「はい、それです」と、水久保は項垂(うなだ)れる。やっぱり無理だ。「失敗したら、大変ですよ
ね。相手が途中で降りたら元も子もないわけですし……」
「しませんよ」と、鷹倉チェリーはさらりと断言する。「落札予定の方は、こちらの桜井
厚子さんでよろしいですね？」

ＳＮＳのプロフィールなどで入手したのか、やたらと澄ました桜井の顔写真をタブレットに表示させた。実際より十歳は若く見える。大したもんだ。いや、今はそんなことはどうでもいい。普段は忌々しい顧客だが、こうして見せられると腰が引ける。

「でも、まだサクラを頼むと決めたわけではないんですが……」

罪悪感がないわけではない。それどころか、若づくりした桜井の写真を見ていると、これまで幾度となく作品を買ってくれたことが頭をよぎり、申し訳なさが募っていく。それに、万が一サクラを雇ったと知られれば、ただでは済まされないだろう。水久保は今すぐ白紙に戻し、この場を去りたい衝動にかられるが、なぜか身体が動かなかった。

「ご安心ください。会場に参るのはサクラのプロです。他の方が相手でも、巧みに入札額を上げてみせます。一人でも他に入札者がいれば、この計画は失敗したためしがありませんからね」

「そう……なんですね。でもやっぱり、バレないでしょうか」

「バレません」

こちらを見据える鷹倉チェリーの目には、尋常ではない説得力があるが、逆に、その得体の知れなさが水久保を怖じ気づかせた。反射的に立ちあがっていた。

「いや、駄目だ！　すみません、やっぱり僕にはできません。ここまで来てもらって心苦しいですが、この話はなかったことにしてください。万が一、この件が漏れてしまったら最悪です。僕は業界にいられなくなる」

しかし鷹倉チェリーは落ち着いた物腰で、片方の手のひらをこちらに向けた。

「まずは落ち着いてください。ここでの話は、私とあなただけの秘密です」

「いや、いけません! 顧客だけじゃなく、所属アーティストからの信頼も裏切ることになります」

「でも、ご決断なさったのは、コダマレイさんのためなんでしょう?」

水久保は返答に詰まる。鷹倉チェリーは励ますように、穏やかなトーンでつづける。

「あなたは私利私欲のためにサクラを呼ぶわけじゃない。応援したい相手を、身を挺して助けようとしているだけです」

優しい言葉をかけられ、水久保はふたたび腰を下ろしてしまう。「でも結果的に、僕はコダマを不幸にしているのかもしれません」と、つい本音が漏れる。

「だったら尚更、われわれを信じてください。水久保さんのように、所属アーティストのために相談に来られた方は、過去に何人もいらっしゃいました。みなさん、満足のいく収益を得られたことで、結果的に喜ばれています。あなたはなにも犯罪に手を染めるわけではありません。ただ、ほんの少し仕掛けをするだけです。われわれは作品が正しい値段で売れるためのお手伝いをしています」

水久保の脳内の一部が、しだいに麻痺していく。

鷹倉チェリーはこちらに答える隙を与えずにつづける。

「たしかに水久保さんが疑う通り、サクラは失敗したら違約金などが発生してリスクが高いわりに、こちらのマージンは数パーセントと微々たるものなので、割に合わない仕事ではあります。しかし私の存在意義は金銭以上に、市場を支配しているという事実なのです」

「市場を支配する?」と、水久保はオウム返しする。

「はい。市場価格というのはある程度、操作されています。ファッション業界における流行の色やデザインと一緒で、ごく一握りの人間が集まって、じゃあつぎはあのアーティストを活躍させようというふうに情勢を操っています。それは長い歴史のなかで確立したルールであり伝統です。そのように操作できることにこそ価値を見出し、専門的に活動する者もいます」

「あなたは、どこかのオークションハウスに雇われているんですか?」

「まさか」と、鷹倉チェリーは手のひらを振った。ダイヤの指輪が反射して水久保の目を眩ませる。「利害が一致する相手とうまくやります。そういう意味では、私もあなたと同じように、コダマレイさんの作品はもっと高く評価されるべきだと思っています」

鷹倉チェリーのほほ笑みを見ていると、善悪の判断がつかなくなる。目の前にいる彼女こそが自分にとっての唯一の女神なのではないか。水久保は催眠術にかけられたかのように、気がつくと頭を下げていた。

「よろしくお願いします」

「お任せください」

席を立った瞬間、激しい後悔と自己嫌悪に襲われたが、すぐに打ち消す。これはすべてコダマのため、所属する他のアーティストたちのためだ。桜井厚子は世話の焼ける顧客なのだから、たまにはたっぷり払ってもらおうじゃないか。どうせ金持ちなのだし、これまでのハラスメントへの代償と言ってもいい。必死に自分の選択を肯定しながら、店の出口に向かったとき、同じように出ていこうとする客と鉢合わせした。

まさかの、コダマだった。こちらを睨んでいる。

しかも傍らには、あの、西田がいた。どうして。

＊

キャサリンズは今季のオークションを東京で行なう予定はないが、新しい顧客の開拓のために、外国人コレクターが多く集まる今の時期に懇親会をひらいていた。とはいえ、わざわざ東オクの競売の前日にぶつけてきたのは、偶然ではないはずだ。港区にある外資系ホテルのレストランを借り切ったパーティは、なにもかもが桁違いだった。招待された顧客の数、その国籍や人種の多様さ、会場の豪華さ、振る舞われるワインの格、すべて東京オークションなど足元にも及ばない。

「す、すごい」

凜太郎が恍惚としながらこぼすと、美紅は厳しく注意する。

「惑わされちゃ駄目よ。大事なのは、一人一人の顧客にとって、どれほど満足のいくサービスを提供しているか。関わった人みんなにとって最大限ウィンウィンになる結果を導くことが東オクの社訓よ」

凜太郎は肯き、弱気になっている場合じゃない、と自分を奮い立たせる。

鷹倉チェリーを探していると、客と談笑をするアイザックの姿を見つけた。

近づいていった美紅に、アイザックは「おや、招待状を送った記憶はありませんが」と優雅にほほ笑んだ。美紅は笑顔を返すことなく、スマホにうつしたコーディネーターの写真をアイザックに見せた。

「この方のことはご存じよね？」

「ええ、まぁ」と、アイザックは顔を逸らす。

「彼女は水久保さんに接近している。あなたの差し金ね？」

「まさか。そんなことをして、われわれになんの得が？」

「サクラのことが表沙汰になれば、ミズクボギャラリーの信頼は失墜するだけでなく、

《ダリの葡萄》のオークションも白紙に戻され、東オクも損失を受ける」

「なるほど。でもわれわれには関係のないことだ」

アイザックは腹が立つほどエレガントに肩をすくめた。

「相変わらず、やり方が汚いわね。我部さんにしても、もとは水久保くんが手塩にかけて育てていたのに」

美紅は言いながら、パーティ会場でひときわ存在感を放つ、大勢に囲まれて写真撮影や握手に応えているアーティスト、我部の方を一瞥した。我部はもともとミズクボギャラリーに所属していたが、離脱して今ではキャサリンズから作品を売りだしている。キャサリンズはオークションハウスでありながら、稀にアーティストと直接契約して、新作をオークションにかける場合もあるのだ。我部はそうした例の筆頭だった。

我部はミズクボギャラリーに在籍していた頃はまったく売れなかったが、キャサリンズに移籍すると瞬く間に人気に火がついた。大きな美術館から個展の依頼が舞い込み、有名なコレクションに何点もが収蔵された。今ではさまざまな場で我部の名前を見かけるようになったが、その背景には、下積み時代に根気強く水久保が支え、制作に助言を与えていた成果もあるはずだった。

「そんな昔のこと、誰も憶えていないですよ。それに、うちで作品を売りたいと言ってきたのは、我部くんの方からだ」と、アイザックは冷たく答える。

自分の話をされていると気がついたのか、我部がこちらに歩いてきた。グラフィティから影響を受けたポップな作風で知られる我部は、その装いもストリート系であるが、すっかり垢抜けてセレブらしい社交が板についている。我部ははじめこちらに笑顔で挨拶をしてきたが、水久保の話をしていたとアイザックから聞かされたとたんに顔をしかめた。

「水久保さんねぇ……あの人はギャラリストに向いていないから」

「というと？」と、アイザックがわざとらしく訊ねる。

「商売が下手なんです。アートへの愛は伝わるけど、僕たちアーティストは売ってもらわないと食べていけませんからね。大々的に宣伝してもらえて、抱える顧客層も厚いところに作品を任せたいというのが本音ですよ」

「それは当然です。アーティストが命を削って制作した作品には、正当な対価が支払われるべきでしょう」

アイザックは満足げに言い、我部は「ほんと、そうっす」と大きく肯いた。

「あの人は作品を売るための計画性がありません。営業もろくにしないし、売れたと思ったらとんでもないコレクターだったりする。ただ作品や僕たちの才能を褒めるだけで、なにもしてくれない。ミズクボにいた頃に売れた作品は、どれも単なる幸運の結果か、僕自身のコネクションを頼ったかのどちらかでした。いつまでも彼の無責任な言葉を信じるわけにはいかないでしょう？」

我部の口調は激しく雄弁で、彼のなかで水久保への鬱憤が溜まっており、所属を辞めた今もわだかまりが消えていないことが伝わった。

「でも水久保さんがいなければ、キャサリンズに見向きもされなかった可能性はない？彼が全身全霊を捧げて、あなたに尽くしてきたからこそ、その土台が出来上がっていたと考えたことはないの？」

美紅の問いかけは、ある程度、我部にとって図星だったようだ。

我部はしかめっ面で返答に詰まってしまい、アイザックが口をはさむ。

「たしかに、我部くんの才能を最初に発掘したのは水久保さんかもしれません。しかし義理堅さよりもしたたかさの方がアーティストとしての資質では？　少なくともいつまで経っても売ってくれないギャラリストに、魂をかけて生みだした大切な作品を委ねつづけるべきだとは思わない」

美紅は真っ向からアイザックと睨みあったあと、「失礼します」と踵を返した。

ホテルのエントランスを出て、首都高の高架下沿いの賑やかな大通りからタクシーを拾った。車窓を流れる高層ビルの光を眺めていると、パーティ会場からずっと黙っていた美紅が、口を開いた。

「アイザックも悲しい男ね」

「悲しいって？」

「ああいうふうだから、社長にもフラれたのよ」

「どういう意味ですか」

「あの二人、じつは元同僚なのよ。アイザックも同じ外資系の銀行で投資担当だった。社長にとってアイザックはいわば優秀な後輩で、よく二人で助けあっていたらしい。でも社長は、退職してオークションハウスを立ちあげるとき、同じくアート好きのアイザックを誘わなかった。むしろアイザックの方は一緒に働きたかったらしいんだけど、社長は断ったんだって」

凜太郎は衝撃を受けながら、唾を飲み込んで言う。

「つまり、アイザックが東オクになにかと嫌がらせをしてくるのは、社長への恨みがあるからってことですか」

「恨みというよりも、愛憎相半ばって感じじゃない？　今じゃ、アイザックは大手外資系オークションハウスの支店長で、社長は独立しても景気が悪いでしょ。アイザックとしては、ざまあ見ろ、なんだろうね。ああいう言い方をして、彼は根に持つタイプなのよ」

そこで凜太郎に閃くものがあった。

「もしかして、爆破予告をしたのはアイザックでしょうか？」

美紅はなにも答えなかったが、凜太郎は口に出したとたん、アイザックが犯人だと思えてならなくなった。社長への私情が、爆破予告の原因だったとすれば。

「根拠のない憶測はよくないわよ」

「すみません。ただ、ふとそんな気がして……」

それにしても、なぜ社長はアイザックの申し出を断ったのだろう。そんな近くにかなり造詣が深い人間がいたら、都合がよさそうなものだ。単に、アイザックとはウマが合わないと思ったのか、それ以外の理由があったのか。確実なのは、社長はアイザックではなく、美紅に声をかけたということだ。

「美紅さんは、社長のこと、どう思いますか?」

「いいボスだと思うわよ。子どもの頃から、たまに会ったら作品の話をしたり、父がアートフェアや下見会に参加するのに同行したりもしていたから、人柄はお互いによく知るところだし。父が亡くなったあと、一緒にやらないかって私を誘ってくれたのも、父となにか約束でもしたんじゃないかしら」

「そうでしたか。社長らしいですね」

凜太郎は同時に、美紅らしいとも思った。ビジネスシーンでは一見厳しそうで人を寄せ付けない感じがあるが、じつは人とのつながりや過去の恩義を大切にする美紅だからこそ、社長とやっていこうと心を決めたのではないか。

「美紅さん」

凛太郎は美紅に改めて向き直り、その手を握らんばかりに身を乗りだした。「正直、僕はここ数日、アートの仕事やそこに携わる人たちに渦巻く、嫉妬や劣等感、欲望や執着といった負の感情に圧倒されていました。水久保さんの状況を知ったときも、アートへの愛さえあればなんとかなると信じていた自分が、いかに短絡的で能天気だったかに打ちのめされました。でも……」

凛太郎は言葉を切って、呼吸を整えた。

「僕は東オクの一員として、せめて自分にできることをしたいです。今の話を聞いて、そう決意しました。だからこそ、美紅さんに今お願いしたいです。水久保さんを助けてあげてください。それができるのは、たぶん美紅さんしかいません！」

美紅は表情を変えないまま凛太郎を見ている。やはり偉そうなことを言い過ぎただろうか。単なるアシスタントなのに美紅に物申すなんて何様だ。凛太郎は萎縮しながらも、美紅を信じはじめている自分に気がつく。美紅は、安村のことも上手に勇気づけ、結果的にみんなにとっていい方向に導いてきた。

「少しは成長したじゃない」

思いがけない返答に、「えっ？」と顔を上げると、美紅は窓の外を見ていた。

「言われなくても考えてあるわ」

美紅の横顔は夜の光に照らされ、やけに神々しかった。

＊

湾岸沿いの公園は、夜景を楽しむカップルや家族連れで賑わっているが、水久保にはライトアップなど目に入らなかった。

どうしてコダマは、西田と二人きりだったのだろう。いや、それよりも気になるのが、鷹倉チェリーとの会話を聞かれなかったかだ。鉢合わせしたとき、コダマも西田も小さく頭を下げただけで、気まずそうに去っていった。少なくとも現場は目撃されたわけだ。

もっと内密に進めるべきだった。鷹倉チェリーのことは直接話さないと信頼できないと思ったし、どうせバレるわけがないと高を括ったが、会ったところで彼女のことを今も信頼できていないのだから後悔先に立たずだ。

サクラを依頼したことを万が一、コダマに気づかれたら――いや、あり得ない。ビビりすぎだ。今考えなくちゃいけないのは、なぜコダマは西田とあの店にいたのかだ。西田から移籍しないかと口説かれていた？ とっくの昔から、裏で離脱の計画を進めていたという可能性もある。水久保はぎゅっと目をつむった。

とたんに最近のちょっとした記憶がよみがえり、辻褄が合っていく。

たとえば、コダマは一ヵ月くらい前から、こちらに委託した作品の在庫をやたらと確認したがっていた。どの作品がどこにあるか、商談中のものはどれか。水久保は忙しくて答えるのを後回しにしていたが、コダマは早く返事をくれと急かしてきた。あれは移籍のための準備ではないか。他にも、今回の個展が終わったら、つぎはいつ頃に開催するかという話をそれとなくコダマに振ったら、まだわからないと曖昧に返された。いつものコダマなら、早くつぎの個展がしたいと意欲的に乗ってくるのに。

今まで一蓮托生の思いで懸命に応援してきたのに、こそこそと移籍の準備を進めるなんて悲しすぎる。いや、悲しみを通り越して憤りすら湧いていた。最初に声をかけてやったことを忘れたのだろうか。

みんなが自分のもとを離れていく。我部だけじゃなかった。やっと売れそうな兆しが見えはじめたら、相談もなくブランド力のある大手に移っていく。みんな自分のことしか考えていない。こちらはみんなのために自らを犠牲にして働いているのに。俺のなにが悪いというのか。

その瞬間、自己否定が襲ってくる。自分がギャラリストとして不甲斐ないから、商売をうまくやれないから、みんな離れていっただけだ。もっと太い顧客や発言力の大きい有力者との付き合いがあれば、誰しもが満足いくように作品を売ってやれたし、双方が幸せになれたはずだ。ギャラリストは所詮、アーティストの才能からおこぼれをもらう立場だ。アーティストには、力のないギャラリストに運命を預ける義理なんてない。

改めて気づいた。自分に関わったせいで、全員が不幸になっている。そう思うと、己のふがいなさ、要領の悪さに心底嫌気がさしてやりきれない。どうして大手ギャラリーを辞めたりしたのか。自分を過信したせいで、大勢に迷惑をかけている。激しい後悔に襲われ、耐えられないほどだった。

元々思い悩む質の水久保だが、ギャラリーに到着する頃には、腹立たしさと自己否定とがせめぎあい、なにをする気も起きなかった。明日はオークションだし、もう疲れたから今日は帰ろう。オープニングの片付けは終わったらしく、アシスタントの席にはまだ荷物が残されているが、コンビニでも行ったのか姿がない。こんな時間に不用心だ。とりあえず行先を確認しようとスマホをとったとき、オフィスの奥にある倉庫から物音がした。そこにいたのかと様子を見にいくと、倉庫内の箱を動かしていたのはコダマだった。

「なに、してるんだ……？」

コダマはびくりと肩を震わせてふり返った。

「驚いた、水久保さんか！　お疲れさまです。過去の作品でどこにあるかが気になったものがあって、すみません……水久保さんにも何度か問い合わせていたんですけど、返事をもらえなかったから」

「勝手に触っていいわけがないだろう！」

自分でも思った以上に大きな声が出てしまい、コダマがぎょっと目を見開く。水久保は慌ててフォローを入れる。

「いや、ごめん、うちのスタッフには声をかけてくれたんだよな。でも、その、つまり、君は所属アーティストで、倉庫のものを触るときは誰かが立ち会わないと」

「そうですよね、すみません……でも安心してください、僕以外の人の作品は触ってはいませんから。探しているのは僕の作品だけです」

「そうは言っても、今はもう君の管轄じゃない。このギャラリーにあるものは、いったんギャラリーのものだろ？」

ついまた口調が強くなると、コダマはあからさまに顔をしかめた。

「それおかしくないですか？　まだ売れてないんなら、僕が取り戻す権利だってありますよね？　水久保さんが買い取ってくれたならともかく、まだ一銭も受けとっていないのに、ギャラリーの持ち物だって言うんですか」

ぐうの音も出なかった。しかし癪なので、なんとか反論をひねり出す。

「じゃあ、言うけれど、君はギャラリーの家賃を払っているのか？　この倉庫の維持費は？　ここは俺が全部金を払って運営している。ここに保管されている以上、自由に触っていいわけがないだろ」

これまでミズクボギャラリーのバックヤードは、若手作家がふらりと立ち寄り、お茶をしたりおしゃべりを楽しんだりできる気軽な場所だったが、水久保はそのことさえ甘やかしていたように思えて腹が立った。

「わかりました」

コダマは低い声で答えたあと、悲しそうに目を伏せて「ただ、僕は別に返してほしいってわけじゃなく、純粋に、自分の作品が今どこにあるのかを把握しておきたいだけだったんです」と付け加えた。水久保の脇を通り、オフィス空間からの出口へと向かう。

「待ってくれ、コダマ。うちから移籍するつもりなのか？」

意外な問いだったのか、ふり返ったコダマは瞬きをくり返す。

「なにを言ってるんですか？」

「とぼけるな！　さっき西田くんと一緒にいたのはなんなんだ」

ついロ調が荒々しくなる。

「別にただ、食事に誘われただけですけど」

「どうして他のギャラリーの人間が、わざわざ二人きりで食事に誘ってくる？　本当は移籍も誘われているんだろ？」

「それ、あなたに言う義務ありますか」

「ないって言うのか！」

否定もされず、水久保は逆上した。過去に我部としたやりとりが脳裏をよぎって冷静ではいられない。我部から移籍を告げられたときだって、青天の霹靂（へきれき）だった。なんの前触れもなかった反面、移籍の手続きはあれよあれよと円滑に進んだ。我部が裏でこそこそと周到に準備していたからだった。あのような絶望感、屈辱、寂しさはもう二度と体験したくない。

「うちを辞めるつもりなら、なるべく早く言ってほしい」

コダマは深くため息を吐いた。

「じゃあ、聞きますけど――」

水久保は身構え、歯を食いしばった。

「さっき水久保さんが一緒にいた女性って、誰なんですか？　どうか正直に答えてほしいんですけど、水久保さんは《ダリの葡萄》のオークションで、なにか良からぬことを工作しているわけじゃないですよね？」

どうして知っているんだ、という一言が出かかる。

一気に攻守逆転だ。しかし認めたら、すべてが終わってしまう。

「おいおい、なんの話だよ？」と、演技じみた笑みが漏れてしまった。「そんなわけないだろう。僕だって、《ダリの葡萄》の落札額には大いに期待をかけているけど、工作なんてしたら元も子もないから」

「少し聞こえてきたんですよ。トイレで席を立ったときに、最初は声をかけようと思ったけど、〝サクラ〟って言葉が聞こえてきて」

「花見の話だよ。東京はもうすぐ桜が見頃だからさ」

もっとマシな言い訳はできないのか、とすぐに後悔する。しかし水久保は薄笑いを止められず、口が勝手にしゃべりつづける。「ほら、海外のコレクターを呼んで、商談がてら花見かなにかでも計画したいと話していたんだ。彼女はコーディネーターだから」と言いながら、頭のなかがますます混乱して、手や腋に汗が噴きだす。昔から嘘をつくのが苦手だった。

そんな姿にうんざりするように、コダマが口調を荒げた。

「全部わかってるんです、僕は！　しばらく近くで聞き耳を立ててましたから。あのコーディネーターはけっこうグレーなことをしていることで有名だそうですね、西田さんからいろいろと聞きました。そういう人たちと取引なんてしないでください。水久保さんはいつもそうだ。商売が下手だから、なりふり構わず作品を売ろうとする。もっとプライドを持ってやってくださいよ！」

プライドという一言が、水久保の心を打ち砕く。プライドなんて気にしたのは、いつが最後だっただろう。桜井厚子に媚びへつらうようになる前、いや、ミズクボギャラリーの名前でフェアに出品しても売れないことがつづく前。少なくとも独立した当初は、高いプライドこそが原動力だったのに。

「たしかに今の俺には、プライドなんてない。でも、コダマ。これだけは言っておく。俺は君たちアーティストのため、ましてや君のためになら、なんだってやれるんだ。魂だって売る覚悟だ」

コダマは俯いて、「それは、知ってます」と小さく肯く。「偉そうな言い方ですが、水久保さんの頑張りは、僕が誰よりも近くで見てきました。いつも遅くまでギャラリーに残って仕事して、身体を壊すんじゃないかって心配になるくらい」

だったらなぜ――。

水久保はコダマの作品を一人でも多くの所蔵先に届けたい、コダマのためになりたいと思って全力を尽くしてきた。コダマの才能を信じるがゆえに、なぜもっと売れないんだろうと焦り、渇望してきた。それは偽りのない本心だった。

しかし今コダマを前にして、胸を張って彼を引き止められない。

そうする資格があるとは、もう思えなかった。心のなかに諦めが広がる。

「君は正しい。才能が無駄になる前に、今回を最後に所属を変えた方がいいのかもしれない」

「……辞めろってことですか」

「そう聞こえたなら、そういうことだ。君はここにいちゃいけないよ」

コダマは水久保を見据えながら、険しい表情で口を開きかけたが、なにも言わずに目を逸らし、そのままオフィスを出ていった。ドアが閉じる音が虚しくオフィスに響く。水久保は唇を噛みしめ、身じろぎもできなかった。

意外な人物からの着信をスマホが告げたとき、もう二十二時を回っていた。

「今から会える？」

冬城美紅の声だった。


夜のショッピングモールは静かだ。チェーン展開されているラーメン屋以外は、ほとんどクローズドの看板にして片付けはじめていた。唯一、赤ちょうちんが灯って店内が賑やかなラーメン屋の前に向かって、背が高くて姿勢のいい女性が歩いてきた。彼女が現れただけで、営業終了前のモールでも華やかに感じられる。

「お疲れ」と、水久保は声をかけた。

美紅はにこりともほほ笑まず「待たせたわね」と答える。

「ちょうど今、席があいたところだよ」

「あら、そう」と肯くと、美紅はさっさと店に入っていく。

ラーメン屋に行きたいと言ったのは美紅の方だった。美紅はエレガントでセレブな外見とは裏腹に、味覚は庶民派だ。このラーメン屋は美紅のお気に入りのひとつであり、これまでも何度か残業終わりに同行したことがある。

二人は案内されたテーブル席に座り、味玉とんこつ並を二つ注文する。カウンター越しに店員がてきぱきと麺を湯切りしたりラーメン丼を準備したりするのを眺めながら、いつになく水久保は気まずさを感じる。例のコーディネーターと会ったことは、美紅に口が裂けても言えないし、知られてはいけない。こうしてラーメンを食べにいく仲にもかかわらず、彼女を裏切っているという事実が居心地を悪くさせた。

水久保はここに来るまで、すべて見抜かれたと想像していた。美紅はこちらを問い詰め、非難を浴びせるために呼び出したのではないかと。最悪の場合、コダマの作品の出品も中止にして金輪際取引しない、と断罪されることも覚悟していた。

しかし今となりの席に座る美紅は何食わぬ顔をしながら、スマホで仕事の案件をさばいている。

「なによ」

こちらを見ないまま言われ、水久保はたじろぐ。

「ごめん。忙しそうだなと思って。明日だもんな」と答えながら、どうして謝っているのだろうとつくづく情けなくなる。桜井厚子にせよ鷹倉チェリーにせよ、はっきりと断れず押しに弱い水久保は、美紅の生まれ持ったかのような気高さが羨ましい。

「あなたは忙しくないの？」

「……忙しいけど。今日はいろいろあったし」

発言してから、不用意だったと後悔する。なにがあったのかを聞かれたら、また嘘をつくしかなくなるではないか。しかし美紅は、その質問はせずに、スマホをしまって淡々と語りはじめた。

「人ってね、危険に直面したとき、やばいと思うほど一度流れに乗ってしまったら抗えないんだって。たとえば、相手が悪人だとわかっていても、声をかけられて家に招かれてしまえば、そう簡単に誘いを断れない。いずれ逃げだせる、あるいは、相手は悪人じゃないと必死に思い込んで、悪人に従ってしまう。はっきりノーって言える人って、案外少ないのよね。私にはまったく理解できないけど」

「な、なるほど……美紅さんは竹を割ったような人だもんね」

どうして美紅は、こんな話をするのだろう、と内心考える。ギャラリーの経営が傾いているこちらの状況を、暗に批判しているのか。

「でも俺は到底ノーって言えないタイプだな」

美紅は静かに笑った。

「それに、身の程知らずよね」

水久保もつられて自虐的に苦笑してから、つい本音が漏れる。「ほんと、ギャラリストには向いてないんだよ」

「あなたは目の前のことで頭がいっぱいのようだから、ひとつ忠告するわ」と言い、水を一口飲んでから、美紅はこちらに身体を向けた。「過去のことばかり悩んでも得なんかしない。どうしてって問うばかりじゃなくて、どうやって未来を変えるのかを考えなさい。大切なのは今どうするかなんだから」

「でも……そう簡単にはいかないよ」

「いいえ、できる。少なくとも独立したときのあなたは、できたでしょ？」

水久保ははっと顔を上げて、やっと美紅の目を見返すことができた。

美紅はあのときと変わらないかっこよさで、こちらを見つめていた。

——業界に文句があるなら、あなたが変えればいいじゃない。

迷っていた水久保に、美紅はさらりと助言してくれた。水久保は安定した給料と生活を得ながらも、自分の本当にやりたいことを見失い、会社の方針に窮屈さや歯がゆさを感じていた。そんな折、心から支援したいと思える相手、コダマレイに出会った。

「どうして美紅さんは、あのとき俺の背中を押してくれたの？　身の程知らずなのに」

「私、コダマくんと話したことがあるのよ」

「いつ？」と、水久保は戸惑う。

「どこかのギャラリーのパーティで、途中からとなりの席になったの。まだあなたが独立する前よ。そのとき、コダマくんはあなたのことをこう話していた。『自分にとって水久保さんは、はじめて自分のことを信じてくれた人なんです。これまで絵を誰かに買ってもらったことはなく、興味を持たれても、心から褒められている気はしなかった。でも水久保さんだけはすぐに欲しいと言ってくれて、自腹で買ってくれもして、最初に会ったときから僕の才能を信じてくれている気がしました』って」

独立後、はじめてコダマの絵が売れたときに手を取りあって喜んでいた彼の笑顔が脳裏をかすめた。

「他にも『水久保さんは、僕以上に、僕のことを信じてくれている。そういう人って、俺にとっては水久保さんがはじめてでした。いや、今もあの人しかいない。だからあの人のために頑張りたいんです。水久保さんと出会ってはじめて、誰かのために頑張れる気がしたんです』とも言っていたわ」

美紅は淡々とした口調で、カウンターの向こうを見ながらつづける。

「そのあと、私は訊ねた。『水久保くんの、ギャラリストとしての手腕について不安はないの?』って」

「そんなことも聞いたのか」

「自覚はあるんでしょ?」

美紅から冷たく言われ、水久保は項垂れて「たしかに」と小さな声で答えた。

「するとコダマくんはこう答えた。『実力不足なのは自分も同じです。だからこそ、自分はあの人が望む限り、苦楽を共にします』って。そのやりとりがあったから、私はあなたに独立をすすめたの」

半泣きになる水久保に、美紅は厳しい口調で言う。

「まだ間に合う。オークションはまだ終わってないんだから」

そう断言する美紅は、ちょうど背後に照明があるせいで、後光が差すかのように神々しかった。

「ダリの言葉を思い出しなさい。詩人っていうのは、私たちのことでもある。ギャラリーやオークションハウスも上質なワイン造りの一役を担っているのよ」

美紅はダリの名言についてどうして知っているんだろう。この人はやっぱりすごい。そんな美紅のことだから、裏でサクラを計画していることも、こちらが葛藤していることも含めて、承知のうえなのかもしれない。あえてはっきりとは口に出さず、それを止めようとしているという仮説が頭をよぎった瞬間、罪悪感と感謝が押し寄せる。

こんなことは間違っている。今すぐ鷹倉チェリーに連絡をして、計画は白紙に戻すと伝えよう。なにより、コダマにギャラリーを辞めないでほしい、一緒に頑張りたい、と誠意を尽くして伝えよう。

スマホを出して操作すると、SNSのアイコンに未確認メッセージを表すバッジがついていた。新着メッセージを確認しそびれていたらしい。今更タップすると、コダマからだった。十八時頃、鷹倉チェリーと会う前、ギャラリーで慌ただしく来客対応をしていた頃に届いていた。

［お疲れさまです。今日ギャラリーの倉庫を確認させてもらえますか？　じつは昔の絵を一点探していて。水久保さんの肖像画なんですけど(笑)、家になくて、大切な絵だから心配で、そちらの倉庫にあるでしょうか？　今日の水久保さんは忙しそうなので、アシスタントの子たちに立ち会ってもらいますね。そうだ、オープニングではありがとうございました。少しは休んでください」

　このメッセージを読んでいたら、あんなふうにコダマを責めなかった。

　今すぐ謝らなきゃいけない。

［コダマ、今メッセージを見たよ。さっきは頭ごなしに怒って申し訳なかった。もう一度会ってゆっくり話せないだろうか？」

　そこまで打って送信したとき、丼が運ばれてきた。

「お待たせしました！　味玉ラーメン二丁」

テーブルの上に、とんこつラーメンの丼が二つ並べられた。丼をテーブルの上に置いてから、手を合わせ「いただきます」と箸を割る。レンゲでスープを一口すする。あたたかくて美味しかった。鼻の奥がつんとして、涙を堪える。

　ふり返れば、今日はいろんなことが起こって、ほとんどなにも食べていなかった。自分の不甲斐なさに打ちのめされるばかり、空腹さえ感じる余裕がなかったが、ラーメンを食べていると、限界まで腹が減っていたことに気がつく。

とんこつスープは味わい深いのにあっさりしていて、空っぽの胃袋にも優しかった。やっぱりここのラーメンはうまい。美紅の気遣いを感じつつ、視野が狭くなり雁字搦めになっていた心がほぐされた。それから水久保は黙ったまま、熱々のラーメンを余さず平らげた。

会計を終え、モール内を歩きながら「ありがとう」と美紅に伝える。

「私はもう二度と、不幸な目に遭う美術狂いを見殺しにしたくないの。だから、あなたも頑張りなさい。身の程知らずなら、身の程知らずなりに」

もう二度と、ということは以前に、誰かが不幸な目に遭ったのだろうか。ぼんやりと考えながら、海沿いの夜景に去っていく美紅の姿を見送る。とても年下とは思えない一本筋の通った相手に励まされたおかげで、まだなにひとつ解決したわけではないのに、自らの手に熱と力が戻っていく。

そのとき、スマホが震えた。

コダマから一通のメッセージが届いている。アプリを起動させる間ももどかしく確認すると、目に飛びこんできた一行にスマホを取り落としそうになった。

「僕は、ミズクボギャラリーを辞めます」

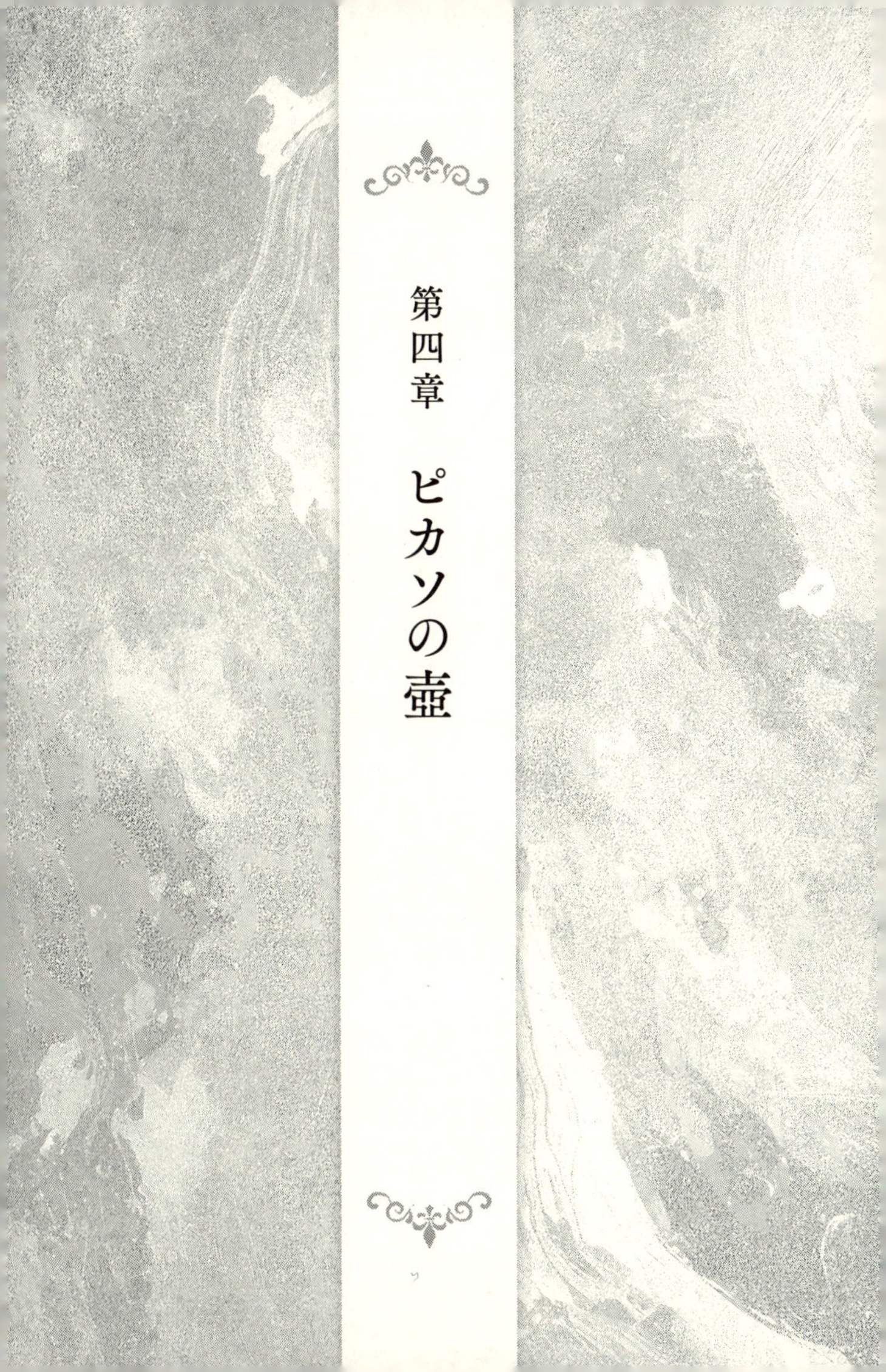

# 第四章　ピカソの壺

寝不足のせいで、重力が増したようなだるさを感じた。まだ太陽が昇りきらない窓の外を睨みながら、真っ先にスマホに手を伸ばす。東オクのホームページには、もちろん変化がなかった。もう期待すらしておらず、惰性でチェックしているだけだ。コールセンターに電話したときから、爆破予告の効果がないことはわかっている。

布団を跳ねのけ、この日開催されるオークションのカタログを手にとる。アンディ・ウォーホルの紙幣をモチーフにした作品が堂々と印刷された表紙は、手触りがよく高級感があって、いかにも富裕層が好みそうだ。

付箋のついたページを開き、そこに掲載された作品を見ていると、怒りがつのる。これさえなければ、この作品さえ市場に出なければ。今度は胃がきりきりと痛みはじめ、胃薬へと手を伸ばす。小さなガラスの瓶は、もう空になっていた。

不快さを追いだすべく、深く息を吸ってから、部屋の片隅に置いていた段ボール箱を、机の上に慎重に置いた。材料は揃っていた。インターネットや本で入念に調べたので、手順も頭に入っている。あとは手を動かすだけだ。

ここ一ヵ月の迷いとは裏腹に、作業はじつにスムーズに進んだ。危険な薬品を扱うことも多い職業柄、こうした代物をつくるハードルは低い。リスクを伴うときほど冷静かつ正確に手を動かせる性分でもあった。

できあがった代物は、トイレットペーパーの芯に似た形状と大きさの爆発物だった。タオルハンカチで包めば、目視による手荷物検査があっても、まさか不審物だとは気づかれないだろう。ただしオークション会場のセキュリティがどのくらい厳しいのかはわからない。事前にもっと下調べをしておけばよかった。

こうなれば、実際に行ってねらいを定めるしかない。オークションが中止になり、これを使わないまま済むことを心から望んでいるが、自分以外に、そんな奇跡を起こせるわけがなかった。

＊

凜太郎はオークション当日を迎えた朝、いつもより早く出勤した。緊張で頭が冴えているせいもあるが、会場で最終確認すべき事項が山積みだったからだ。今日の問い合わせなど、一刻も早く返すべきメールも溜まっている。無事にオークションが終われば、来週末は好きなだけ布団で過ごし睡眠不足を取り戻してやるぞ、と自らを鼓舞しながら、入館ゲートをくぐって誰もいないオフィスで作業をはじめた。

二杯目のコーヒーを飲み終えた頃、他のスタッフが続々と出勤してきた。普段よりも華やかだったり、フォーマルな服装に身を包んでいたりする。まもなく席についた美紅も、タイトな黒いワンピースがよく似合っていた。

「会議の準備は？」

「はい、もうできています」と資料を掲げると、美紅は肯く。

午前九時からの会議には、ほぼスタッフ全員が四角に並んだ長机の席についた。こちらを見つめる視線の真剣さに圧倒されながら、凜太郎は唾を飲みこむ。これまでの身を削る思いでした準備が報われるかが、あと五時間と経たずに決まるのだ。

この会議では、作品の入札者やその状況をひとつずつ確認していく。司会を務めるのは総合的にオークションを取り仕切る美紅である。凜太郎はとなりに立ち、彼女のアシストに徹した。今回も壇上でハンマーを握りオークショナーを務める社長は、美紅の近くで資料を読み込んでいる。

「まずは、ウォーホルの《一九二枚の一ドル札》について。富永グループのご令嬢、姫奈子さまをはじめ、多くの入札申し込みがあります。姫奈子さまは数時間後に会場にいらっしゃるので、私と小洗が対応します」

美紅のきびきびとした説明に、社長が口をはさむ。

「ご令嬢の今の様子は？」

「昨日お電話したら、緊張なさっているようでしたが、落としてみせると意気込んでもいらっしゃいました」

「期待できるな。とはいえ、最後まで気を抜かずサポートを頼む。ウォーホルの大作は、今回の目玉だから」

美紅は口角を上げて、肯いた。

「わかりました」

それから数点の作品について確認がなされる。

「つぎは、藍上潔の《無題》について。こちらはコレクターの安村さまからお預かりしています」

「入札者は？」

「じつは、思った以上に問い合わせが少ないままです」

「困ったな」

「安村さまの奥さまも、この作品の落札額に並々ならぬこだわりを抱いていらっしゃるようなので」と言いよどみ、美紅は顔をしかめる。「ご本人には、当日になって新しい入札があるケースも珍しくないとお伝えしています」

凜太郎の不安がふたたび大きくなる。安村の妻、佳代子とは直接話もして事情がわかっているので、二人の関係が心配だった。だからこそ、これまで広告を打ったり目星をつけたコレクターに連絡したりと手を尽くしたが、ここまで来れば東オク側にできるのは番狂わせが起こるようにと祈ることくらいだ。

「わかった。慎重に進めよう。つぎは？」

他の作品を担当しているスタッフが順番に現状を報告していく。総じて悪くはない状況だった。むしろ過去のオークションと比べても入札数が多く、事前に札と交換で確認する入札予定額も全体的に上々だった。絶対に成功させたい、と凜太郎はペンを持つ手に力がこもる。

「最後の作品は、コダマレイ氏の《ダリの葡萄》。ミズクボギャラリーに所属する新進気鋭のアーティストで、多くの問い合わせをいただいていますが、今のところ本作に関しては桜井さまからの入札予定額が最高です。しかも、桜井さまはどうしても落札したいので、さらに金額を積んでもいいとおっしゃっています。ただ……」

美紅はそこで言いよどんだ。たしかに凜太郎も、気になっていた。美紅はあのあと水久保と直接話をしたようだが、水久保がサクラを呼んでいるのではという疑惑はまだこの胸の中でくすぶっている。でも、あくまで疑惑であって、今ここで口にするのは憚られた。

「事情は心得ているよ」と、社長は口調をやわらげる。「こちらも慎重に入札者を見極めよう。少しでも怪しい入札者がいたら、声をかけてほしい」

「わかりました。では、以上になりますが、他になにかありますか？」

一瞬、爆破予告のことが頭をよぎったが、話題にする者はいない。

——あれは愉快犯じゃない。きっと動きがある。

前日にそう言った美紅のことを見るが目が合わず、かといって自分から声をかける勇気はなかった。あと少しでオークションがはじまるのに、問題はいくつも残っている。凜太郎は今日が無事に終わる気がせず、明日を迎えている自分さえ想像できなかった。


会議室から出た凜太郎は、女性スタッフの宇野香織（うのかおり）から呼びとめられた。三十代後半のスペシャリストである香織は、東オクではアイドル的な存在といっていい。芸能人のように華やかで目を惹く外見で、愛嬌たっぷりの振る舞いをするうえ、父親が大手ゼネコンの社長なので富裕層と沢山つながっている。コネクションの広さでいえば、東オクで一番といってもよかった。ただし、美術の知識がそこまであるわけではなく、本人もそのことをコンプレックスに感じていそうだった。

今回のオークションで、香織はピカソが晩年につくった素焼きの壺を担当している。ピカソはおびただしい数の絵を残しているが、同じく、大量の陶芸品を制作したことでも知られ、そのほとんどに絵画作品によく似たタッチの絵付けが施されている。今回の一点は、壺のふくらみを女性の身体のラインに見立て、表情や手足を黒い釉薬で表現したものだ。高さ三十センチほどと比較的小さいが、落札予想額は一千万円を超える。

「今日、私の代わりに、ピカソの壺を紹介してほしい顧客がいるの。飛行機の関係で到着がギリギリになってしまうらしくて、私は他の顧客への対応が入ってしまっているから、頼めないかしら？」

「ロンドンの美術館の人でしたっけ」

今の打ち合わせで、香織からは、ロンドンにある近現代美術館のキュレーターが、ピカソの壺に興味を持っていると報告があった。

「ええ。そのキュレーターとは、長い付き合いでね。私がまだ留学していた頃からの関係なのよ。実物をちゃんと見て判断するまでは入札するかどうかを決めないポリシーらしいから、しっかりと対応してもらえる？」

「わかりました」

「頼んだわよ。今回のピカソの壺は、ついに私が記録を更新できるかもしれない大チャンスだと思うから」

「気合いが入ってますね」

「当然よ。冬城さんは今回の作品について、なにか言ってた？」

「なにかってなんです？」

凜太郎が思わず訊き返すと、香織は打って変わって、気まずそうに目を泳がせた。

「ううん、なんでもない」

代理で対応してほしいというお願いも、よく考えれば、美紅ではなくあえて凜太郎に声をかけてきたのは意図的だろう。美紅とほぼ同期である香織は、美紅に激しいライバル心を燃やしている、と何人かのスタッフから聞いたことがあった。外資系オークションハウスに比べれば、東オクという組織はそこまで競争が激しくなく、ぎすぎすした人間関係も少ないが、香織は自分が一番じゃないと嫌なタイプらしい。いつも美紅が最高落札額を叩きだすこと、重要な作品や顧客を担当していることが気に食わないのだろう。

とはいえ、美紅の方では、香織を意識している素振りを見せたことがなく、対抗意識はないように思える。かえってその余裕が、香織の神経を逆なでするのかもしれない。その証拠に香織は時折こんなふうに美紅を意識した発言をするし、脇で美紅をサポートする凜太郎はたびたび香織の視線を感じていた。

「じゃ、よろしく」

スマホの着信に笑顔で対応する香織を見送りながら、凜太郎はため息を吐く。今は社内で争っている場合ではない。一点でも多くの作品に入札がなされ、高値で落札されてほしいのは、みんな同じなのだから。

約束の時間の少し前、ピカソ作品の前に向かった凜太郎は、見知らぬ女性が食い入るようにその壺を眺めているのを認めた。年齢は美紅と同じくらいか、少し年下に見える。背が低いうえに、キャップ帽を目深にかぶっているので表情はわからない。地味な服装だが、かえってオークション会場では珍しく、どうしても目を引いてしまう。トートバッグを神経質そうに抱え、時折人が近づくとすぐにその場を明け渡すが、誰もいなくなるとまた作品の前に戻っている。

気になってしばらく様子を窺っていると、視線が合った。正面から向き合ったとき、なぜだか見覚えがあるような気がした。あれ、以前に会った？　でもいつどこで会ったのかは思い出せない。

彼女の視線が、凜太郎が首から下げているスタッフ証にうつる。

明朗さを心掛けて「こんにちは」と声をかけると、彼女は遠慮がちに頭を下げた。

「僕はここのスタッフなので、ご不明な点があればおっしゃってくださいね」

彼女はかすかに目を見開いたあと、決心したように質問してくる。

「これ、入札の問い合わせってありますか？」

「ございますし、今日の注目作のひとつです。状態のいい良作なうえ、なんといってもピカソですから」

笑顔で答え、凜太郎は改めてピカソの壺を眺める。

表立って口に出さないが、じつは凜太郎は、これまでピカソの絵画を見ると、感動するよりも先に圧倒された。ピカソは信じられない数の作品を残したのだから、精力的ですごいと感心するが、もっと繊細な作風の方が個人的に好みだった。美術史を少し齧(かじ)れば明らかなように、ピカソはさまざまな様式や画風をアレンジして作品を大量生産していた。しかも若い頃にすでに完成されているデッサンを見ても、有り余る才能にただ感服するしかない。そういう意味では、このピカソの壺は静かというか、どこか例外的な感じがして、天才ピカソにもそんな面があるのだな、と自分のような凡人には安心できるのだ。

「ご興味を持ってくださっているんですね、ありがとうございます」

「あ、はい。ただ、私にはとても手の届かない値段でしょうから、入札したいとかじゃないんですけど……もし欲しい人が他にいなかったら、手に入れられることもあるのかな、なんて願望を抱いたりして」

凜太郎は女性の控えめな態度に好感を抱き、名刺を差し出して自己紹介する。そして、つい調子に乗って、初対面の女性にピカソについて、今日のオークションについて、あれこれと解説した。その間も神妙な顔つきでピカソの壺を鑑賞している女性は、ずいぶんと魅了されているようだった。

＊

東京オークションの会場で若い男性スタッフに声をかけられた熊坂羽奈(くまさかはな)は、心臓が破裂しそうなくらい焦っていた。そもそも会場に着いたときから、もっと煌びやかな服装をして来ればよかったと激しく後悔していた。アース系の色合いのコートもジーンズも目立たなそうだからあえて選んだのに、これでは逆効果ではないか。

幸い、男性はこちらの動揺に気がついていないようだった。昔から親に、あんたは感情が読みとりづらいと言われてきた。子どもらしくないし、素直じゃないとも。ネガティブな評価は羽奈の人格形成にも影響し、おかげで人付き合いは苦手になったが、このときばかりは助かった。

「ご不明な点があれば、なんでもおっしゃってくださいね」

こちらの動揺をよそに、男性は爽やかな笑みを向けてくる。親切ではあるが、どこか空気が読めなそうな人で救われる。オークションハウスの職員は、凡人には縁のないような大金を扱う職業のせいか、浮世離れしたタイプが多いのかもしれない。羽奈は呼吸を整えながら、思い切って情報を引き出してみようと決心した。

「これ、入札の問い合わせってありますか？」

もし誰もこれに興味を持っていなければ、なんの問題もなかった。けれど、男性からの返答は案の定、自分の甘さを思い知らせる。さすがは〝ピカソ〟だ。どうやら淡い期待とは裏腹に、かなりの入札数が予想されるらしい。男性は嬉しそうに、その壺を眺めながら教えてくれる。

それまで直視できなかったが、ようやく羽奈はピカソの名前がキャプションに記された陶芸品を、正面から見据えた。釉薬の色味や筆遣い、素地の形も完璧だった。どこからどう見ても、ピカソらしい風格と美しさを備えている。そう、美しかった。

「ご興味を持ってくださっているんですね」

見惚れていると勘違いされたらしい。いや、実のところ、見惚れていた。男性からほほ笑みかけられ、羽奈はさらに焦る。必死に誤魔化すと、男性は逆に、この作品によほど関心があると思ったのか、小洗という名の名刺を差し出し、ピカソについて、その陶芸作品の特徴について饒舌に解説をはじめた。羽奈はなにも知らないふりをして、相槌を打つしかない。

「おっと、申し訳ありません。つい語りすぎてしまいました」

「いえ」と、羽奈は目を逸らす。

「……あの、もしかして、この作品について、なにか気になる点でも？」

小洗が澄んだ目でこちらを見つめてくる。

「だ、大丈夫です！　すみません、私もう行かなくちゃ。いろいろと教えてくださって、ありがとうございました」

お辞儀をして、無理やりに会話を終わらせた。

そのとき、小洗のところに身なりのいい外国人男性が近づいてきたので、羽奈は再度頭を下げて、その場から離れた。とはいえ、不安が残るので数メートル先に留まり、別の作品に興味があるふりをする。

　小洗と男性客のやりとりが聞こえてきた。やりとりは英語だが、羽奈は母親が英語教師だったこともあり英会話は昔から得意だったし、外国人の客やディーラーとも日々直接商談している。どうやら男性客は、ロンドンの美術館で働いているキュレーターらしい。その肩書を聞いただけで、羽奈の心拍数は上がった。もしや、彼はこの作品の真偽を疑っているのではないか。

「ついに実物を見られて感激していますよ。間に合って本当によかったです。素晴らしい作品だと思います。こんなにも状態がいいとは予想しませんでした。正直、カオリから情報をもらったときは半信半疑だったんです。世に多く出回っている偽物のひとつじゃないかってね」

　羽奈はふり返りそうになり、思いとどまる。

「でも確信できました。これは間違いなく、晩年のピカソが生みだした作品だとね。唯一無二の天性によって、丹念につくりだされた傑作だと断言できます。何点も実物を見てきたからこそ、一目でわかりました」

　羽奈はそれ以上、冷静に聞いていられなかった。なるべく気配を消し、そっとその場を立ち去る。さまざまな感情が渦を巻いて、胸の辺りが痛いほどだった。見るからに一流そうなキュレーターがそんなことを言うなんて。一層まずい事態なのに、なぜか口元がほころんでしまう。こんなときに優越感なんて抱いている場合？　しかも歪んだ優越感。慌てて顔を左右に振った。とにかく落ち着こう。会場の隅にあるベンチに腰を下ろし、ペットボトルの水を飲む。

そのとき、羽奈を現実へと引き戻すように、スマホが着信を知らせた。

「もしもし。熊坂先生ですか？　外出中に申し訳ありません。今日調合する釉薬についてお訊きしたいことがあって」

聞き慣れた若い助手の声だった。

「ああ……どうしました？」

「今工房にいるんですけど、先生が準備してくださっていた釉薬用のバケツが見つからないんです。どちらに仕舞われました？」

声が出なくなる。あれに使ったからだ。

「もしもし？　先生、聞こえてます？」

「ご、ごめんなさい、うっかり外に持ち出したままにしてしまいました。新品のバケツが倉庫の奥の棚にあるので、それを使ってください」

しばらくバタバタと移動する音があって、「新しいものがありました。お騒がせして申し訳ありません」と明るい声が返ってきた。

「こちらこそ。じゃあ、今日は帰りが遅くなると思いますが、留守をお願いします」

電話を切ってから、羽奈は深呼吸をした。

熊坂羽奈は陶芸家として生計を立てられるようになって、十年が経つところだ。過去の道のりは険しく紆余曲折あったが、最近やっと業界では名前の知れた存在になったという自負があった。運営する工房では、今や五名のスタッフを抱えている。なかには、羽奈の作品に憧れて陶芸をはじめたと慕ってくれる意欲的な若い弟子もおり、彼らの給料のためにも高めの売上目標を掲げていた。工房には制作スペースのみならず、羽奈の作品を販売できるギャラリーも併設され、都心からそう離れていないこともあって、幸い、毎日のようにファンが作品を買っていく。

世襲の陶芸家でもなく、実家とも疎遠だった羽奈は、陶芸で食べていくために、がむしゃらに突っ走ってきた。個々の作品を妥協せずつくり、SNSやちょっとした取材でも積極的に作品の発信をつづけ、人脈作りのために苦手な社交もこなしてきた。おかげで立て続けに賞をもらい、固定客も増えている。口を糊（のり）していた頃の自分が現状を見れば、泣いて喜ぶだろう。

だからこそ、誰にも知られるわけにはいかなかった。

羽奈がいくら忘れようとしても頭に付きまとう黒歴史を——。

「熊坂先生じゃないですか！」

顔を上げると、今一番会いたくない男性が立っていた。脂ぎった大きな顔に、ぎょろりとした目。何日も櫛を入れていなさそうな白髪まじりの髪に、くたびれたジャケット。とても美術品を扱うプロとは思えない、だらしなく不潔な外観で、あのときからなにも変わらない。

「……池岡さん」

「いやはや、本当に嬉しいですな！　ひょっとすると今日、お会いできるような予感を抱いていましてね。熊坂先生もあの作品を見にくるんじゃないかって。やはり、気になさっていたんですね？」

こちらが黙っていると、池岡は忙しなく視線を泳がせながら、勝手にしゃべりつづける。

「熊坂先生はどちらで今回の出品についてお知りになりました？　僕は業界の知り合いから偶然聞いたんですけど、驚きましたよ。面白いことに、今しがた、その知り合いと実物を見にいきましたが、ピカソの作品だと信じ込んでいる様子でしたからね。今一度言わせてください、さすがです、先生の腕前は素晴らしい」

「やめてください！」

つい口調が激しくなり、池岡が「えっ？」とわざとらしく眉をひそめた。いけない。池岡はあの壺の秘密を知る、一番の要注意人物なのだ。下手に刺激してはいけない。この男を敵に回すのは、自分のためにならない。

「すみません、失礼な態度をとって」

池岡は冷たく笑う。

「いいんですよ。こちらこそ、配慮が足りませんでしたね。こんなところで立ち話もなんなので、少しお茶でもいかがですか」

断ることもできず、せかせかと歩きはじめる池岡のあとを追う。池岡の靴の底はすり減っていた。以前もそうだったが、気がつくと、この男のペースに呑みこまれている。腹立たしくなると同時に、いまだに抗えない自分が心底嫌になった。なぜか自分は昔から、強引な人を前にすると、首根っこを摑まれたウサギのように、なにもできなくなるのだ。

二人で有明エリアのショッピングモール内にある、チェーン店の喫茶店に入った。満員なうえにBGMのボリュームが大きく、盗み聞きされる心配はなさそうだ。

「どうぞ。ご馳走しますから、遠慮なく」

四百円足らずのコーヒー一杯で、恩着せがましい口をきいてくるケチさは昔から変わらない。気前よく見せかけて、この男ほど、損得勘定でしか動かない人間を、羽奈は知らなかった。コーヒーには手をつけず、羽奈は切りだす。

「あの……今回のオークションには、池岡さんが出品したんですか？」

「まさか！　僕はもうとっくの昔に売却しました。ああいう作品は現金に換えなきゃ意味がありませんからね。出品者は僕もよく知らないコレクターです。ちなみに、けっこうな金持ちだそうですよ」と、最後は芝居がかった小声になり、手を揉みはじめた。

へらへらしている池岡から目を逸らし、羽奈は拳をつくって握りこむ。

「すみませんが、私には到底喜べません。もし本当のことがバレたら、私はどうすればいいんでしょうか……」

「大丈夫。誰も疑いやしませんよ」

とつぜん薄笑いを消して、池岡は声を低くした。

「でも――」と羽奈の反論を遮って、急に真面目な顔で言い放つ。

「〝すべての創造は、破壊からはじまる〟」

「……なんですか、それ」

まるで自らの信条を語るかのように、池岡の口調はシリアスになった。

「ピカソの言葉です。熊坂先生はいわば、破壊からキャリアを始動させたのです。伝統、真偽の境界、世間的評価。熊坂先生はそれらを破壊したうえで、今のような地位を築いたのですからね。もちろん、ご活躍はずーっと存じていましたよ。今じゃ新進気鋭の陶芸家としてメディアにもしょっちゅう出ている。ここまで立派な先生になられたのだから、むしろあの作品だって、逆に価値が上がったようなものです。おめでとうございます、へへっ」

最後のせせら笑いに、猛烈な怒りがこみ上げる。

利いたふうなことを言わないで！　作家のことを一体なんだと思っているのか。池岡のような詐欺師を儲けさせる道具ではない。あのときの報酬だって微々たるもので、結局こうしてリスクを負わされたのは、作家である自分だ。

しかし今、池岡に抗議するのは得策ではない。そもそも口車に乗せられた自分にも非があり、あの壺をどうするのかを考えなければならない。何度か深呼吸をして、ぎこちない笑顔をつくった。

「ありがとうございます」と答えている自分がいた。「ところで、池岡さんは、あの壺を入札するんですか？」

「まさか、私なんかには手が届かない額です。もう私の手からは離れていますからね。傍観して楽しむだけです」

安堵しながらも、だからと言って、あの壺を贋作だと世にバラすつもりがないとは限らない。己の利益や保身のためとあらば、いつだって羽奈を貶めることを厭わないだろう。脅迫の材料にされる恐れだってある。池岡はそういう男だった。

「そうですか。じゃ、私はこのあと、用事があるので……」

あいまいにお辞儀をして、羽奈は喫茶店をあとにした。

本当は、もう二度と会いたくなかった。そう、面と向かって断じたかった。でもできず、また涙が出そうだった。泣いても仕方ないのに。ショッピングモールを歩きながら、心のなかで鍵をかけてきたドアが少しずつ開いていく。

——この世でもっとも贋作が多い芸術家の一人は、ピカソなんですよ。

池岡からそう切り出されたとき、まだ二十代前半だった羽奈は、陶芸家とはとても胸を張って言えない無名の駆け出しであり、日々の食費すらままならないほどに困窮していた。だからグループ展で名刺を渡してきた池岡からの誘いも、無下に断ることができなかった。画商とも評論家とも違う。名刺には、美術収集家としか書かれていなかったが、今となっては、骨董などの美術工芸品を市場で転がして、小銭を稼ぐことが彼の仕事なのだとわかる。噂によると、池岡も昔は確かな審美眼を以て一流の研究者として評価されていたというが、あるときを境に、いかがわしい仕事に手を染めるようになったのだとか。そして道連れにするように、食い扶持に困った若手作家にその共犯的な手助けをさせているとか。とはいえ、当時の羽奈はそれを知る由もなかった。

——なぜそれだけ多いかわかりますか？　贋作だとわからないからですよ。言い換えれば、偽物をつくりやすいんです。数が多すぎて、ひとつやふたつ増えても、誰も気にしませんからね。とくにピカソ作品のなかでも、陶芸はわからない部分が多い。

ピカソは六十代半ばから陶芸制作をはじめ、一年で数百点の作品を残した時期もある。

なぜそんなことが可能だったかというと、ピカソはじつは、自分で素地（そじ）はつくらずに陶工がつくった既製品の皿や水差しに、絵付けやちょっとしたアレンジといった仕上げをしたものも多いからだ。一人でつくるのではなく陶工とコラボして量産し、なかには複製が許可された作品もある。ピカソの陶芸品に謎が多い所以（ゆえん）だった。

——きっとあなたは上手く複製できます。

あのとき自分は、どうして池岡の言う通りにしたのだろう。今更、後悔してもしきれなかった。池岡のことは最初から一度も信頼できなかったし、他の選択肢を考えればよかったのに。結局のところ、自分の見通しの甘さのせいだった。あやまちの代償は、想像をはるかに超えていた。あの壺が贋作で、つくったのは熊坂羽奈だと世間に知られてしまえば、陶芸家としての自分のキャリアは終わる。

陶芸家でいられない人生なんて、羽奈にはなんの意味も見出せない。他の仕事をするつもりはないし、今更どこかで雇ってもらえる自信もない。なにより、自分が諦めれば、工房のスタッフたちも路頭に迷う。今だって、増築した工房やギャラリーの借金を払うために経営はギリギリなのだ。

羽奈は立ち止まって、トートバッグのなかを覗きこむ。奥の方に、タオルハンカチにくるまれた筒状のあれが入っていた。自分はどうすべきなのだろう。オークションの開催を阻止するために、これまでさんざん他の方法も考えた。そのピカソは偽物だとネットで匿名の告発をすべきかとも迷いつつ、結局できなかった。

なぜなら、偽物だとわかれば、贋作者の正体に気がつかれるに違いないからだ。

あの作品には、とんでもない証拠が刻まれているのだから——。

＊

ロンドンから来たキュレーターといったん別れ、凜太郎はスマホを取りだす。さきほど遭遇した謎の女性のことが気にかかり、ひとまず美紅に報告しようと思ったのだ。しかし電話をかけてもつながらない。美紅には他にも、話したい用件があったので、凜太郎は会場をうろうろした。やはり姿はない。急いでオフィスに戻る途中で、応接室の前を通ったときに、美紅と社長がソファに座っている姿が見えた。ここにいたのか。

「失礼します」

ドアを開いたとき、聞き覚えのある声がした。こちらに背を向けて、二人と話をしていたのは、アイザックだった。また、この男か。凜太郎は反射的に身構えたが、彼らはなぜか争っている様子はなく、全員がリラックスした姿勢で笑っている。どういうことだろう。

「なに？　打ち合わせ中だけど」と、美紅が上目遣いで厳しく言う。

「も、申し訳ありません……少しご報告があったのですが……それより、なぜアイザックさんがここに？」

「今ちょうど、アイザックから貴重な情報をもらってたところなんだ。よかったら小洗も聞いていくか？　冬城のアシスタントだしな」と社長はもったいぶって切りだし、美紅も「そうですね。今から言う話は絶対に誰にも言っちゃだめよ」と凜太郎に約束させ、手前の席に座るように促す。

「端的に言って、ピカソの陶芸品は贋作かもしれないの」と、美紅があっさりと告げた。

信じられなかった。自らの審美眼に自信はないけれど、ロンドンのキュレーターがあれほど太鼓判を捺していた作品だ。専門家も騙されたというのか。凜太郎は「どういうことですか？」と声が裏返る。

社長からの視線を受け、アイザックは話を引き継ぐ。

「最近キャサリンズにも、似たようなピカソの陶芸品が出品されたんだが、来歴に関わる契約書や保証書、ステッカーの類に違和感があった。本物のそれに酷似しているが、少しずつ不自然だったんだ。そのことに気がついたうちのスタッフが、科学調査を外部に依頼したところ、素地の成分はピカソのそれとは一致せず、焼成されたのも十数年前だという結果が出たわけだ。つまり、ごく最近につくられた贋作だと判明した」

アイザックが指したテーブルの上には、キャサリンズの内部資料であろう、一点の陶芸品の画像と、科学調査の結果がまとめられた書類があった。今日、東オクで出品される陶芸品とはサイズも色も違うが、全体的なデザインや女性を模しているという点ではよく似ているらしい。

「だからって、東オクの作品まで贋作とは限りませんよね？」

「君はずいぶんと楽観的だね」と、アイザックは肩をすくめて笑った。「同時期によく似た作品が近くの市場に現れ、そのうちの一点が贋作と判明すれば、他もそうだろうと疑って当然じゃないか？　仮にキャサリンズなら、贋作の可能性が少しでもあれば出品を取りやめる。顧客からの信頼を守るためにね」

しかしそんなことをわざわざ助言するなんて、本当はなにかを企んでいるのではないか。社長も美紅も押し黙っている。アイザックは腹の内の読めない笑顔でつづける。

「私の仕事は、キャサリンズの日本市場を開拓することだ。もし日本にいる顧客の美術市場への信頼を失えば、多大な損害を受ける。だとすれば、業界の信頼を守るために、情報提供するのが合理的でしょう？」

「でもなぜ土壇場になって？」と、凜太郎は負けじと訊ねる。

「科学調査の結果が届いたのは昨晩だった。君たちには都合が悪いかもしれないが、本番のセールスに間に合ったんだから、せめて感謝してほしいね」

社長は凜太郎の肩に手を置いて、「わかった」とアイザックに言う。

「ひとまず感謝するよ」

友好的に握手をしている社長や美紅を傍観しながら、凜太郎のなかに疑念が広がる。アイザックは本当に正しい情報を提供してくれているのか。真の動機は、東オクのセールスを攪乱するためではないのか。

アイザックが去ってから、凜太郎は二人に激しく抗議した。

「いいんですか？　あんな人の言いなりになって」

美紅は凜太郎を睨み、低い声で一喝する。

「落ち着きなさい」

反射的に、凜太郎の身がすくむ。

「す、すみません」

「言いなりになんてなっていないし、競合他社からの情報だとしても、状況判断に私情をはさむのは愚かなことよ。情報源が誰であれ、疑わしい作品は慎重に扱う。あなただって、落札された作品が偽物だった場合、ものすごく煩雑な対応を求められる業界の例を聞いたことくらいあるでしょう？　しかも、贋作の疑いをこちらが知っていたとなれば、訴えられる可能性だってある」

言葉が見つからない凜太郎をよそに、社長が答える。

「そうだな。この情報をアイザックから聞かされた以上、知らなかったではもう通用しない。せめて今回の出品を待って、先に調査に回すのが妥当かもしれん。出品者は間違いなく気を悪くするだろうが……」

「今回の目玉ですし、わざわざ来日した入札予定者もいます」と、凜太郎は必死に訴える。「あと、担当者の宇野さんは、このことを知っているんですか？」

「まだよ。何度か電話したけど、今は顧客対応中でつながらない。オフィスに戻ったら即相談するけど、まぁ納得しないでしょうね」と、美紅は当たり前のように言う。

　応接室に沈黙が落ちる。

　凜太郎はどうしてもアイザックを信じられなかった。たとえ情報が正しくとも、東オクが対応に追われて混乱するのを見越して、突き止めた贋作情報を、あえて直前になって情報提供してきたとしか思えない。今日のオークションで重要な一点であるピカソの陶芸品が欠ければ、売上も大幅に減少するからだ。

　凜太郎はみぞおち辺りに重みを感じた。アイザックのような種類の人間とは、とくに海外に住んでいた頃、何人か出会ったことがあった。己の利益のためには他人を利用することや蹴落(けお)とすことに一切の罪悪感がない。親切心で競争心を隠しているので、気がついたときには裏切られている。

「不満げだな、小洸」

「……申し訳ありません。どうしても割り切れなくて」

「アイザックのことが信用できないか？」

「正直に申しあげると、その通りです。僕はどうしても、アイザックが僕たちを邪魔するために仕掛けた工作にしか思えません」

「だとしても、俺たちは顧客のために最善を尽くさなきゃいけない。そもそも真贋を見抜けなかった俺たちが悪いんだし、アイザックを責めても仕方ないんだ。アイザックも彼なりの正義で動いているしね」

社長は応接室を去り、凜太郎はため息を吐いた。

ピカソの壺が出品されなくなるのは残念すぎる。さきほど対応したキュレーターは金額も積んでくれそうだったし、なにより、わざわざ今回のオークションのために来日したと話していた。きっと落胆し、オークション当日まで真贋を見抜けなかったこちらの不手際を責めるだろう。申し訳なかった。

そのとき、あの壺に同じく興味を持っていた様子の、地味な服装でかえって目立っていた女性のことが頭をよぎった。

「そうだ、じつはあのピカソの前で、もう一人、別のお客さんと話をしたんです。三十代くらいの女性で、コレクターっぽくない感じで、控えめな人だったんですが、すごく熱心に作品をご覧になっていました」

美紅は表情こそ変えないが、なにか気になる点でもあったのか声を張った。

「名前は訊いた？」

「いえ、名刺は渡しましたが、向こうは名乗りませんでした」

「年齢は私くらいで、キャップ帽をかぶっていなかった？」

「その通りです！　えっ、ご存じなんですか？」

凜太郎が立ちあがって美紅の方を見ると、「やっぱりそうだったのね」と、感慨深そうに言いながら、ゆっくりとソファに腰を下ろし、両手の細い指を組んだ。

「お知り合いですか？」

「名前は熊坂羽奈よ。じつは私も今朝、偶然、有明駅で見かけたの。混雑したホームですれ違っただけで、すぐに見失ってしまったけれど、今の話を聞いて確信した。だってピカソの陶芸品をじっと見ていたんでしょ？」

「そうですけど、なぜ確信を？」

「彼女も陶芸家だからよ」

凜太郎は内心、膝を打った。だから見覚えがあったのか。おそらくメディアなどで見かけたことがあるのだ。すぐさまスマホで名前を検索すると、美術雑誌や女性誌でインタビューを受けている写真がずらりとヒットした。間違いなく先ほどの女性だった。

「だから僕もなんとなく見覚えがあったのか」

「今じゃ、なかなかの売れっ子だからね」

美紅は口元をほころばせた。

「ひょっとして、美紅さん、お知り合いなんですか？」

「ずいぶんと前のね」

美紅はそれ以上説明しなかったが、目の輝きからして、ただの顔見知り程度というわけでもなさそうだった。どういう関係なんだろう。気になる凜太郎の前で、美紅は「へぇ、彼女があの作品に興味を」と、考え事でもするように呟いた。

＊

買い物客で賑わう日曜のショッピングモールで、羽奈は行く当てもなく彷徨（さまよ）った。歩きながら、自分がどうすべきかを考えつづけていた。

選択肢はいくつかある。まず、一番楽な方法は、このまま誰にも贋作だとバレないことを願って、なにもしないで帰る。しかしそうすれば、あの壺は美術館に納められる。遅かれ早かれ、専門家が正式な調査をしたときに、贋作だと発覚するだろう。そのとき、絶対あの証拠が命取りになる。つくったのは熊坂羽奈だという動かぬ証拠だからだ。今オークションを見過ごすのは自殺行為だった。

いっそのこと、自分が贋作をつくったと東オクのスタッフに申告してはどうか。それが二つ目の方法であり、最善の選択に思えた。罪を犯したという事実はどうやっても揺るがないのだし、罪に蓋をするよりも素直に白状すべきだ。大勢の人に迷惑をかける前に。いや、無理だ、と羽奈はぎゅっと目を閉じる。たとえ自分一人は楽になれても、工房で頑張ってくれているスタッフを路頭に迷わせることになる。どちらにせよ、誰かに迷惑をかけるという点ではどちらの選択肢も同じだった。

だとすれば、最終手段として、なんとかして落札を阻止できないか。肩にかけている鞄を、いっそうきつく抱き締める。こうして持ち歩いているだけで、緊張と恐怖で吐き気が込みあげるほどなのに、実際に使う勇気を出せるだろうか。

大丈夫、誰かを傷つけるわけじゃない。ただ、会場に混乱をもたらすだけでいい。この日のセールスが中止になれば、あのピカソの出品も取り下げになるかもしれない。実際に爆発させる前に匿名で「不審物を見かけた」と通報する手もある。

自分に言い聞かせながら踵を返し、東オクの会場へと歩きだす。ここまで来たのだ。あとは行動に移すのみ。あと一歩なのだ。会場のエレベーターホールに着いて、周囲を見回しながら深呼吸をする。さて、どこに設置しよう。

「熊坂さん」

とつぜん声をかけられ、心臓が跳ねた。

ふり返ると、一人の美女が展示室から近づいてきた。すらりとしたモデル体型で、美しい黒いワンピースを身にまとっている。海外の女性のように濃いメイクをしているが、彼女の華やかさを惹きたててよく似合っている。

「ごめんなさい、驚かせて」

彼女はやけに親しげな物腰で詫びた。

「いえ……あの、失礼ですが？」

誰なのか思い出せないが、今、間違いなく「熊坂さん」と名前を呼ばれた。

「憶えてない？　冬城美紅よ」

口がぽかんと開く。信じられなかった。

「冬城さん？　えっ、あの冬城さんなの？」

「久しぶりね」

にっこりと笑った彼女に、やっと昔の面影を見つける。同時に、長らく忘れていた記憶が瑞々（みずみず）しくよみがえった。

冬城美紅は高校の同級生だった。

二人が通っていたのは普通の公立高校だったので、成績優秀で知られていた美紅は、なぜもっと進学率の高い私立などの高校を選ばなかったのだろうと思ったことがある。彼女は学業だけに打ちこむガリ勉というより、会話や行動からも頭の良さがひしひしと伝わってくるタイプだった。異性にもモテたが浮いた噂は聞かず、孤高の存在でもあった。気まぐれに姿をくらましては個別行動をとる一方で、友だちがいないわけではなく、逆にどのグループともつかず離れずで、結果的にトラブルを回避して一番うまく立ち振る舞っていたと思う。

そんな美紅のことを、羽奈は最初のうち、非の打ちどころのない人だと思っていた。じつは苦労しているという背景を知ったのは、偶然だった。

二年生のとき、修学旅行の一ヵ月前に彼女だけ行けなくなったとクラスメイトから聞いた。理由は誰も知らなかった。ひそかに美紅に憧れていた羽奈は、彼女がいないのは寂しいと残念に思いながらも、その理由を教室で面と向かって訊ねられるほど親しくもなかった。

羽奈にはその頃、休みの日によく足を運ぶ場所があった。それは家から徒歩とバスで三十分ほどのところにある、一軒の古い骨董店だった。店の外観はリサイクルショップに近い印象だったが、看板にはたしかに骨董店と記されていた。雑多な品々が溢れんばかりに並んでいて、数ヵ月前に出会ったときは入るのに勇気を要したが、一度入ってみると見ごたえがあり、時間を忘れることができた。なにより、店主のおじさんが優しく親切で、解説をしてくれるのが楽しかった。

店内に並ぶ品々は質量ともに素晴らしいのに、なぜか買いにくる人は少なそうだった。どれも安いので、たとえ売れても利益は微々たるものだろう。いつ潰れてもおかしくなさそうだった。それでも、おじさんは羽奈を歓迎してくれた。お金持ちにも決して見えないだろうに。

とくに陶磁器が並んだセクションは、沢山並んでいるのに一点一点に個性があって、今も記憶に深く刻まれている。羽奈の陶芸家としての第一歩は、その骨董店で実物のやきものを目にしたり、おじさんの講釈から学んだりしたことだったと言ってもいい。中国の唐三彩や青磁といった骨董品もあれば、美濃焼や唐津焼といった現代の陶工による作品もあった。そうした感性を、羽奈はその骨董店で培った。

美紅が修学旅行に行かないという噂を耳にした数日後、羽奈はその骨董店をいつものように訪れた。

——いらっしゃい。

店主のおじさんに出迎えられ、羽奈は頭を下げた。

——あ、新しいやきものを入荷なさったんですね。

新顔の丸いお皿に顔を近づける。黒と青緑によって中心から左右にわけられたモダンで力強いデザインであり、おじさんいわく、鳥取の民藝を代表する作品だという。こういう長く広く愛されるものをつくれたら、どんなに素敵な人生だろうと羽奈がうっとりしていると、店の奥から声がした。

——お父さん。

店の奥から現れたのは、美紅だった。美紅はこちらを認めると、声を上げて目を丸くした。羽奈も驚かされたが、ここが美紅の家なのかという事実と同じくらい、私服姿にもびっくりした。着古されたジーンズにくたびれたTシャツという服装は庶民的で、学校での人気や華やかなイメージと大きなギャップがある。制服ではない姿を見るのは、このときがはじめてだった。しかし美紅は冷静で、むしろ店主のおじさんの方が動揺していた。

——もしかして、二人は同じ高校に通ってる？

——熊坂羽奈さん。私のクラスメイトだよ。

——そうか。今まで何度か、ここに来てくれてたんだ。

——ていうか、お父さん、なんで今まで気がつかなかったのよ！　うちは私服とはいえ、普通どこの高校に通ってるのかとか訊くでしょ。

美紅に不満げに指摘され、おじさんはたじたじとなっている。二人のやりとりを見ながら、仲の良さそうな父娘だなと羽奈はほほ笑ましく思った。

それから羽奈は美紅とともに、近くの河原まで歩いた。美紅はママチャリを押していた。中古で買ったというママチャリは、やはり美紅の完璧な人となりと落差があり、羽奈はますます好感を抱いた。今で言うギャップ萌えというやつだった。

——冬城さん、修学旅行に来られなくなったって本当？

声をかけると、美紅は歩きながらなんでもないことのように答える。

——うん、そうだね。

——残念だな。私、冬城さんとの思い出、つくりたかったから。

美紅は面食らったようにこちらを見たあと、立ち止まって自転車を停めた。

——じゃ、少し話そうよ。思い出なら、修学旅行じゃなくてもつくれるんだから。

二人は河川敷の石階段に並んで腰を下ろした。

それから美紅は、ぽつぽつと話してくれた。バイトをはじめたのは高校入学時からで、修学旅行に行く資金もバイト代から捻出（ねんしゅつ）していた。しかし美紅の家は家計が苦しく、さらに父親は最近、商売で高額な美術品を購入し、美紅にお金を貸してほしいと頼んできた。それで、仕方なく修学旅行を断念したという。詳しくは聞かなかったが、子どもは親に養ってもらって当然だと思っていた羽奈は、絶句した。美紅は腹が立たないのだろうか。しかし美紅は親のことを悪くは言わなかった。

——お金はみんなが持っていて、なんにでも変えられる。修学旅行先の大阪だって一度行ったことがあるし、今後も訪れる機会はあると思う。でも、美術品は世の中にたったひとつしかない。だとすれば、今を逃せば二度と会えない作品をなにより大切にするお父さんの気持ちを、私は理解してあげたいんだ。

美紅は笑顔だったが、その裏には別の感情があったのかもしれない。悔しさや悲しさ。羽奈は本心を測りかねたが、美紅の潔さは、まっすぐに伝わった。そして、この人は強いと思った。羽奈が知っている誰よりも。美紅はまっすぐ前を見つめながら、きれいな瞳でつづけた。

――お金って、不思議だよね。ただの紙切れ、金属の破片なのに。ひとたび銀行に預ければ、紙や金属ではなくなって、概念になる。実体はないんだよ。だからこそ、私はお金の奴隷になりたくない。将来、金持ちになっても、貧乏になっても、どんな仕事に就いたとしてもね。

同じ高校生とは思えないくらい、しっかりした考え方だった。羽奈は、自分を省みずにはいられない。

――冬城さんは親を否定して、反抗することで、安易に逃げたりしないんだね。自分の考えをちゃんと持って、向きあってる。私なんてさ、ただ親の言いなりになってる。不満があったら、全部親のせいにして。

――そうなの？

羽奈は最近、大好きな陶芸教室に通うことを禁止されていた。その陶芸教室は、先生が母の友人だという縁で、体験教室に行ったことをきっかけとし、中学生の頃から定期的に通っていた。しかし受験勉強に集中すべきだと、代わりに塾に行かされている。羽奈は陶芸のことを考えている時間がなによりも幸せで自分らしくいられることを、母に打ち明けられなかった。本当は、土に触れていたい。匂いを嗅いでいたい。形をつくっていたいのに。だから気がつくと、手元にある文房具でなにかをつくっている。手を動かすとどんな悩みからも解放され、楽になった。

——熊坂さん。好きなことがあるなら、絶対に手放しちゃだめだよ。私の両親は、世間的には駄目人間だけど、好きなことがあれば幸せでいられるって教えてくれた。そのことは感謝しているんだ。

どうしてこの人の言葉は、こんなに胸に届くんだろう。

——私、熊坂さんなら、きっといい陶芸家になれると思うな。

美紅からもらったお守りのような言葉がなければ、羽奈は真剣に陶芸家を目指すことはなかった。


「どうして冬城さんがここに？」

なつかしくて心弾ませながら訊ねると、美紅は名刺を出した。

「私、ここで働いてるの。東京オークションの社員だから」

「えっ、嘘でしょ」

羽奈は高校を卒業したあと進学せず、地方の窯元（かまもと）に弟子入りした。実家までは片道三時間かかるうえに休みも少なかったので、大学生になった他の同級生と距離ができた。その後、極貧だった下積み時代は、くだらない意地もあって、いよいよ集まりの誘いも断るようになった。美紅やおじさんのことは忘れなかったし、たまにどうしているのかと気になっていたが、実際に連絡をとったことはない。今になって、オークションハウスに就職した、といつだったか元同級生に聞いたことが頭をよぎるが、まさか東京オークションだとは想像もしなかった。たとえ業界で美紅の名が知れていても、羽奈はあくまで制作する側の陶芸家で、絵画を中心とする美術市場の人脈にそこまで詳しいわけではない。

「……冬城さんにぴったりの仕事だと思う。すごくカッコいい」

同級生の眩しい姿に誇らしくなりつつ、うまく笑えない。

「熊坂さんの方こそ。本当に陶芸家になってカッコいいよ」

「そう……かな」

おそらく心からの賞賛だろうが、素直に受け止められない。なぜなら羽奈は、ここに来た本当の理由は別にあるからだ。ついさっきまで本気であれを使おうとしていたことに激しい罪悪感を抱き、胃がきりきりと痛む。気がつくと、自分から言い訳をしていた。

「今日ここに来たのはね、純粋に興味があったの。私の作品を買ってくれるお客さんのなかにも、普段からオークションを利用している方がいて、内覧会は誰でも見学できることを教わったの。いろんな分野の作品があって、見ごたえがあったよ。オークションの仕事ってどう、忙しい？」

さりげなく話題を変えようとしたとき、会場の遠くの方に、池岡の姿があった。

ぞっとした。美紅がこちらの視線を追って、ふり返る。

「知り合い？」

「ううん」と、咄嗟に嘘をつく。

「よかった」

よかった、という一言で身がすくむ。あやしい人物だから、関わりがなくてよかったってことだろうか。それならば、美紅は池岡の素性を知っていることになる。絶対に、池岡と面識があることを見抜かれてはいけない。幸い、池岡は他の人と話していて、羽奈には気がつかないまま、別の方向に消えていった。安堵していると、美紅が声をかけてくる。

「熊坂さんは独立する前、どうしてたの？」

問いかけの意図がわからないまま、羽奈は答える。

「えっと……陶芸教室の先生に紹介してもらった、地方の窯元で修業したあと、窯元の方からおすすめされた、土のいい場所で自分の作品を少しずつつくるようになったんだ。こっちに戻って窯を構えたのはごく最近だよ」

「はじめは大変だったんじゃない？」

もちろん大変だったからこそ、贋作をつくったのだ。

「そんなことないよ。先生たちもよくしてくれたし、応援してくれる人もいたから」

美紅はそれ以上追及しなかったが、無表情でこちらを見つめてくる。

「じゃあ、私、そろそろ行くね」

「最後に、感想を聞かせてくれる？　私のアシスタントから、熊坂さんが熱心に見ていた作品があるって聞いたんだけど」

急に例の壺のことを話題にされ、羽奈は平静を装うのがやっとだった。

「ごめん、わからない。ちゃんと見学してないから」

「えっ？　でもさっき〝見ごたえがあった〟って言ってなかった？」

しまった――。

「まだ見学してないエリアもあるってこと。会場が意外と広かったから。ごめん、私、つぎの予定が詰まってて、もう行くね。名刺ありがとう。また連絡する」

慌てて言い残し、もと来た道を引き返した。我慢できずに、ちらりとふり返ると、美紅はまだその場に立って、こちらを見つめていた。羽奈は咄嗟に笑顔をつくり、手を振ったあとは小走りになり、一度もふり返らなかった。

*

アイザックが東オクを去った三十分後、凜太郎と美紅は、宇野香織をオフィスで捕らえた。

オークションは午後二時からで、あと三時間もない。中止にするならば、すぐに関係者にアナウンスをかけ、進行表にも変更を加える必要があった。電話で事前にいきさつを話していたとはいえ、香織の表情には落胆と動揺がうかがえた。会議室に入りドアを閉めるなり、香織は開口一番で言う。

「今更、取り下げなんてできないわ！」

社長は別件で席を外しており、会議室には三人しかいなかった。

「でも冷静に考えれば、わかるでしょう。たとえ今日落札したとしても、このことが漏れれば責任問題になる」

「それは、本当に贋作だったら、という話でしょ？」

香織は青ざめながらも、強い口調で遮った。「キャサリンズからの情報なのに、信じる筋合いなんてある？　うちにとっては商売敵に違いないのに、そうですかって素直に受け入れるわけ？　それに自分のことは言いたくないけど、私は今回のピカソの陶芸品を出品してもらうために、何年もかけて交渉してきた。コレクターの永野さんと信頼関係を築き、やっと漕ぎつけた案件なのよ。それなのに中止にすれば、永野さんは激怒して、今までの苦労が水の泡になる」

「それは逆よ」

「えっ?」

「真の信頼関係ができたなら、他の作品を出品してもらえる可能性は残る。逆に、もし今贋作とわかっていて出品すれば、永野さんにも迷惑がかかることになるからね」

香織は唇を噛んだ。

「少し考えさせてほしい」

「そんな時間はないのよ」

美紅の冷静な声に、香織が小さく舌打ちをするのが聞こえた。

「だったら、答えは明白。出品はそのまま続行する。アイザックがなにか言ってきたら、あまりにも直前で取り下げるわけにはいかなかったと答える。たとえ贋作だとしても、今更譲れない。もう調査に出す時間だってないんだから」

香織は顔を上げ、美紅を睨んでこうつづける。「もしかして冬城さんは、今この場に社長がいればいいのにって思ってるんじゃない? 社長なら、私の意見なんてねじ伏せて話をまとめられるから」

図星ではないか、と凜太郎の心臓が跳ねた。

しかし美紅は表情を変えずに答える。

「いいえ」

「そうかしら？　社長だったら、いつも冬城さんの意見を重視するもの。たとえ私が正しいことを主張してもね。だから私の努力は見過ごされてきた。東オクのそういうところが私はずっと気に食わなかったし、この先、会社の命取りになるでしょうね。そうよ、潰れてから後悔しても遅いのよ。だから変更はなしってことで」

香織は言い捨てると、美紅の説得も聞かずに会議室を出ていった。

凜太郎は沈黙を破って訊ねる。

「社長に連絡しましょうか？　社長から言われれば、さすがに宇野さんも指示に従うでしょうから」

「待って」

美紅は物思いにふけるように、腕組みをしたまま窓辺に寄る。香織から言われたことを気にしているのだろうか。けれど、そんな弱気な性格ではないはずだ。美紅はいちいち感情に流されず、目標を達成するために強い意志を貫き、必要なことを瞬時に見極められる人だった。

「さっき、熊坂羽奈と話したの」

一瞬、誰のことを言っているのかわからなかった。

「ああ、例の陶芸家の？　会えたんですね」

美紅は肯き、窓の外に広がる東京湾のきらめきに向かって、なつかしそうに目を細めた。仕事中にそんな顔を見せるのは、彼女にとって珍しいことだ。

「高校のとき、熊坂さんがつくった焼き物を、ひそかに文化祭で買ったことがあるの。絵付けや形も可愛かったし、なにより手になじんで使いやすかった。社会人になるまで使い込んでいたから、割れたときは本当に悲しかったな。あの子には、また欲しいって思わせるような作品をつくる才能が、あの頃から備わっていたのよね」

「美紅さんがそこまで言うなんて、すごい方なんですね」

「まぁね」

強気に答えつつ、美紅の横顔は見たことがないくらい悲しそうだった。そのとき、それまで抱いていた違和感が、一本の線につながった。美紅が社長に連絡し、ピカソの陶芸品を取り下げる決定を、最後のところで渋っている本当の理由は、あれをつくったのが羽奈ではないかと疑っていて、古い友人を贋作者にしたくないからではないか。

＊

羽奈は贋作をつくったとき、寝食を忘れて夢中になった。楽しんでいたわけではないと自分に言い聞かせているが、本当のところは違う。ピカソの画集や文献に何冊も当たって研究し、似た土や素材を探し、ピカソの筆致を習得するために何度も練習した。自分には、贋作づくりの才能もあるんじゃないかと思えたほどだ。

自分のオリジナル作品をつくるとき、正解はどこにも存在しない。新しい町を地図もなく彷徨っているような心許（こころもと）なさがつきまとい、手が進まず苦しいときもある。うまくいく時間よりも、迷っている時間の方がはるかに長い。

対照的に、贋作づくりには明確な正解があった。有名な巨匠であるほどに手がかりは豊富で、あとは手を動かすだけ。複雑なパズルを解き明かすような、爽快な魅力がある。あれほど集中して作品をつくったことは、後にも先にも一度きりかもしれない。スリルと優越感の中毒にかかったようだった。

だからこそ、あんな馬鹿な真似をしてしまった。羽奈は絵付けの仕上げで、壺の底の方に自らのイニシャルを記した。まさか本物のピカソとして市場に流通するわけがない、ピカソふうの壺として安価で売買されるだけだと高を括っていた。一方で、ピカソを完璧に再現できたという達成感を抱き、そんな自分に酔っていた側面もあった。自分の名前を残したいと。今考えると、愚か以外の何物でもない。

幸い、全体のデザインに溶け込むように、しかも、くぼみの目立たない部分に変形させて記したおかげで一目見ただけでは、署名であるとはまず気がつかないだろう。まさかその形が、熊坂羽奈を表すとは。実際に、まだ誰も目に留めていないようだ。しかし贋作だと発覚すれば、話は違ってくる。その不可解な形にこそ、贋作者を突きとめるヒントが隠されていると疑われて当然だ。イニシャルだと見抜く鋭い者もいるかもしれない。

いっそ贋作としてではなく、模倣品として遊びや訓練のためにつくったと主張すべきだろうか。市場に出回るとは思いもしなかったのだと。しかし完全にうしろめたい部分がないわけではない。かつて池岡から報酬を受けとり、ろくに売り方の確認もせず、今こそこそと会場を訪れ、賞賛を嬉しく感じていることもまた事実だ。

——気になる作品はあった？

美紅の質問が、棘のように心に引っかかって抜けない。美紅の目は、こちらを探るような鋭さがあった。昔から勘がよく、頭の回転も速かった。あの美紅のことだから、あの壺が偽物だと勘づいているかもしれない。底の方にある筆跡が、真の作者のイニシャルだと見抜いている可能性だってある。ならば東オクのスタッフとして、しかるべき対応をとるに違いない。警察に通報され、自分は詐欺罪などでなんらかの処罰を受けるのかどうなのか、羽奈には見当もつかなかった。

憂鬱なまま内覧会場をあとにしたが、かといって、工房に帰る気にもなれず、自ずとオークションが行なわれる大ホールに足が向いた。どういった場所で昔のあやまちが取引されるのか、最後に見届けておきたかった。

内覧会場の一階上にある大ホールは、二百人は優に収容できる広さで、天井も高い。壇上にはすでにオークショナーがハンマーをふるう演台の他、作品の画像をうつすのであろう巨大なスクリーンに加えて、円やドルやユーロといった各国の為替が並んだモニターが設置されていた。スタッフが忙しそうに準備をし、席にはすでに何人か客の姿もあり、座って談笑をしている。

もう打つ手はないのだから、ここで己の末路を確かめてから帰ろう。

そう思って廊下に出て、洗面所を探していると、ふと、視線の先に「火災報知機」と赤い機器に白抜き文字で書かれた設備があった。

羽奈は吸い寄せられるように、設備の前で足を止めた。

以前、美術館で作品を展示したときに、こういった報知機についての説明を受けたことがあった。スイッチが押された場合、すぐさまスプリンクラーや防火扉が作動するわけではなく、まずは防災センターのような場所に通報がされるという。彼らが安全を確認するまで、来館者は避難して指示を待たなければならないと聞いた。また、美術品を扱う施設の場合、水が出るスプリンクラーではなく、特殊なガスによって消火がなされるため、作品が傷つく心配もないのだとか。

「これを押したら、どうなるんでしょうか?」

心のうちを見抜くような一言が聞こえてきて、羽奈は「わっ!」と声を上げた。

誰なの? ふり返ると、一人の年配女性がぼんやりと立っていた。

「驚かせてすみません。ただ、こういうボタンを押したら、やっぱり美術品がずぶ濡れになっちゃうものなんですか?」

火災報知機を見つめたまま、彼女は訊ねる。知らない人だ。

「えっと……私の知る限りでは、たぶん大丈夫だと思いますけど。ただ、会場は混乱するんじゃないでしょうか」

「混乱、ですか」

女性は目をすがめると、「ありがとうございました」と頭を下げて踵を返した。只ならない凄みを感じて、羽奈は呆然とする。彼女もまた自分と同じように、抜き差しならない事情を抱えているように思えたからだ。

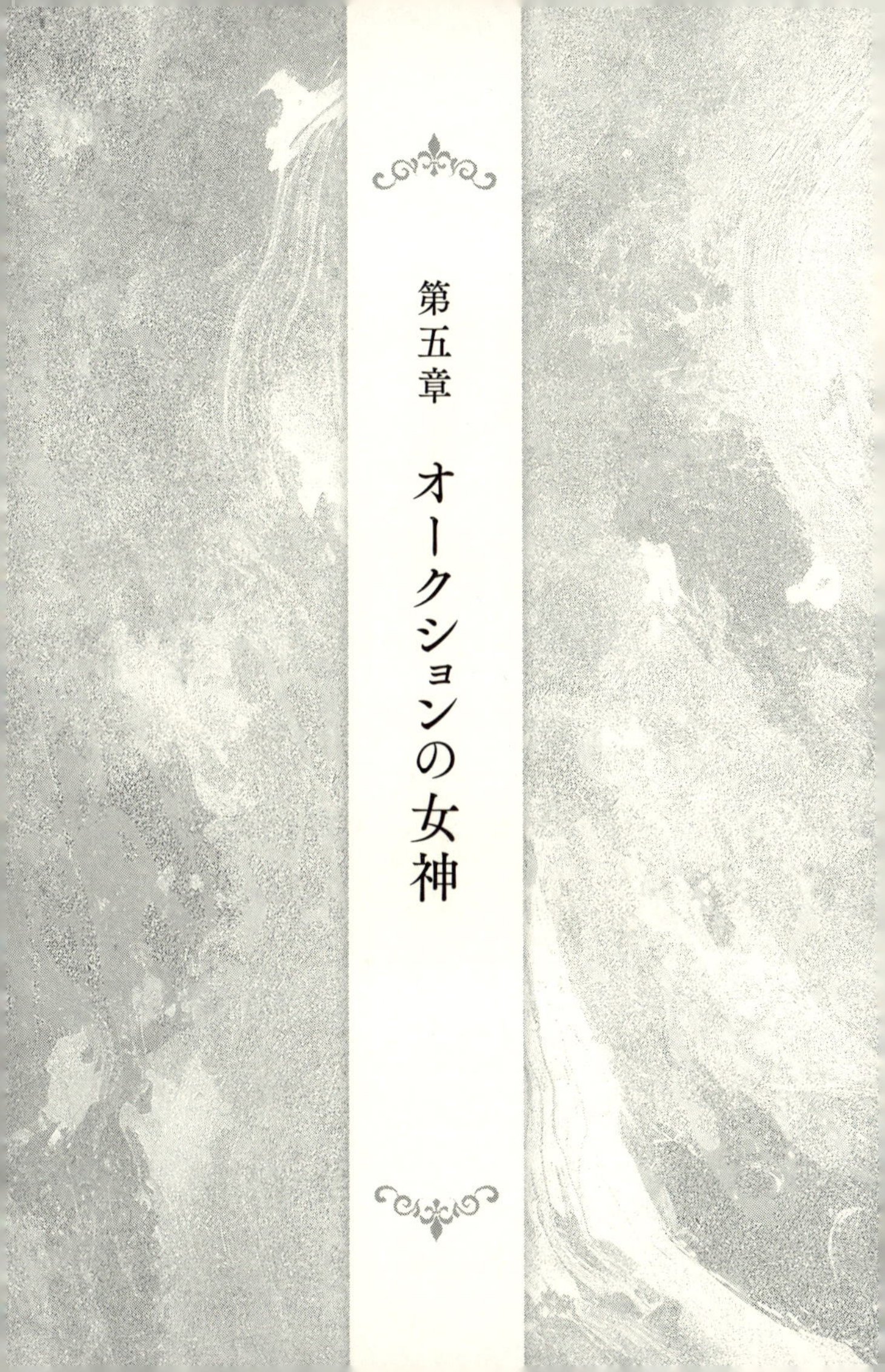

# 第五章　オークションの女神

青空をうつした有明の海は、いつも以上の美しさだった。

富永姫奈子は海岸沿いの遊歩道で、東京湾を一人眺めていた。普段、遅刻することはあっても、余裕を持って目的地に到着することなんて滅多にない性格だ。それほど今日のオークションが、自分にとって大切なのだと実感する。手すりを持つ両手にも、自ずと力がこもっていた。

「お母さま、今から夢を叶えてきます」

おぼろげな母の記憶をたぐりよせながら、天を仰いで語りかけた。

ここ三日間ほど、ウォーホルの《一九二枚の一ドル札》のことが頭から離れなかった。自分の背中を押してくれた存在。自分は自分らしくていい。誰かと比べるのではなく、不完全な自分を愛してあげればいい。誰かのせいにして卑屈に生きるのは嫌だ。そんなふうに考え方を変えてくれたウォーホルへの感謝を込めて、今日は絶対に落札してみせると心に決めていた。

腕時計を一瞥したあと、姫奈子は歩きだす。エレベーターで到着した東京オークション会場のフロアには、アート関係者らしき人たちが集まっていた。入口のドア近くで、美紅と凜太郎が立っている。

「お待ちしておりました。いよいよ、ですね」

美紅がお辞儀をしてから言うが、姫奈子はつっけんどんに「そうね」とだけ答える。

「ご心配なさらないでください。みなさん、ナーバスになるのは当たり前ですから」

「まさか、この私が緊張するとでも？　富永グループの娘よ！　今までも宝石とかリゾート地の物件とか、もっと高額の買い物もしたこともあるし、これしきのもの余裕に決まっているじゃない。ただ札を挙げるだけでしょ」

「左様でございますね。とはいえ、会場の空気に呑まれず、冷静に札を挙げるご判断をなさってください。ご不安があれば、われわれ東オクのスタッフが万全のフォローをしますので」

美紅は人を食ったような顔で言い、やっぱり偉そうだ。しかしなぜか姫奈子は悪い気がしない。美紅の凜とした立ち振る舞いに、不思議なときめきさえ感じる。しかもフォローするという美紅のたった一言のおかげで、足の震えがぴたりとおさまったのも事実だった。

「フンッ」と、照れ隠しで鼻を鳴らしたあと、「あなたの方がナーバスになってるんじゃない、小洗さん？」と、となりに立っていた凜太郎に声をかけるが、凜太郎は深刻な表情を浮かべたまま反応がない。

「小洗さん？」

「あっ、申し訳ございません。考え事をしておりました。そうですね、緊張もしておりますし……多少、憂鬱でもあります」

「どうしたのよ、冗談で言ったのに」

凜太郎はこれまでのやりとりで、少々早とちりで鬱陶しいときはあっても、前のめり気味なくらい、全力で積極的に対応してくれているのが伝わってきた。そんな彼が、上の空になるなんて。

「憂鬱って、心配事でもあるの？」

「……そうかもしれませんね」

お茶を濁す凜太郎が、チラチラとどこか一方向を気にしている。その先を追うと、壇上の脇で、設営業者がこれから競売にかけられる各作品を丁重な扱いで動かしていた。そのうち一点は見覚えがあり、たしかピカソの陶芸品で、姫奈子が今回のオークションでウォーホル以外に興味を抱いた作品のひとつだった。

姫奈子が質問するよりも先に、凜太郎は手で誘導する。

「お席にご案内しますので、こちらへどうぞ」

言われるがまま、姫奈子は天井が高く広々としたホールへ入場した。神聖な空気に、自ずと背筋が伸びる。はじめてのオークション会場に胸が高鳴ると同時に、あちこちから視線が刺さる。二百ほどある座席のうち、すでに半分ほど埋まっていて、彼らは会話したりしながらも、さりげなく周囲を見回し、他の来場者の様子をうかがっている。とくに富永グループの令嬢である自分は、自分で思う以上に、顔を知られているようだ。

もう戦いの火ぶたは切って落とされていた。これから《一九二枚の一ドル札》を奪い合うライバルも、すでに会場のなかにいるのかもしれない。さきほどの虚勢とは裏腹に、姫奈子はまた足が震えそうになる。しかし負けてなるものか。堂々と顔を上げ、周囲からの視線を真正面から受け止めた。

壇上には東京オークションのロゴが入った演台があり、ちょうど、その前に栗林社長が現れた。以前社長と挨拶をしたとき、高身長という印象は受けなかったが、照明を浴びるオークショニアとしての彼は大柄で、現れたとたん静粛な空気に切り替わった。

「本日はご来場いただき、ありがとうございます」

胸元にピンマイクをつけた社長が、一瞬、姫奈子だけを見つめながら、親しげに笑いかけたように感じた。錯覚だろうか。今日の主役は君だよ――そう囁きかけられたような高揚感が全身を駆けめぐり、心臓が高鳴る。

「私は東京オークションの社長を務めております、栗林と申します。本日オークショニアを担当いたします」

つぎに舞台袖から黒いスーツ姿のスタッフが二人現れ、それぞれ日本語のあとで英語も言い添えながら、入札のルールや落札後の流れ、手数料や振り込みのルールなどを、書面を見ながら淡々と読みあげる。それは事前に、姫奈子も美紅たちから聞かされた既知の内容で退屈だが、飛び入りの入札者もいるのだろう。

説明を終えた二人が舞台袖に戻ると、栗林社長が引き継ぐ。

「それでは、時間は限られていますので、さっそくではございますが、オークションをはじめたいと思います」と言って、社長は合図を送る。すぐさまエプロンをつけた男性スタッフ二人が、大きなカンヴァスを運び込んで、イーゼルのうえに置いた。

「最初の作品は、藍上潔の《無題》です」

＊

みんな、あの傑作を見てくれ！　あれを今日まで所有していたのは俺だぞ！　壇上に藍上潔の大作が現れたとき、会場前方の席に妻と並んで座っていた安村は、鼻の穴をパンパンに膨らませ、そう叫びたい衝動を堪えるのに必死だった。ひのき舞台に立つ我が子を見るように、誇らしくてたまらない。

斜め前に腰を下ろしている藍上本人とは、さきほども挨拶を交わしたが、藍上は「あとは野となれ山となれだ」と投げやりな様子だった。おそらく日本のアート市場には、懐疑的なのだろう。しかしこの競売が終われば、その印象も百八十度変わるに違いない。ついに国内で正しく評価されるときが来ましたね、藍上さん。売れない時期が長く、苦労を重ねてきた老作家の背中に、安村は内心呟いた。

「では、はじめは百万円から」

栗林社長が高らかにスターティング・プライスを告げ、安村は勢いよく会場をふり返る。数えきれないほどの札が一斉に挙がっているのを見た瞬間、小躍りしながら入札をはやし立てたくなる。もっとやれ、もっとやれ！

「百十万、はい、百二十をいただきました。ありがとうございます！」

階段を勢いよく駆け上るように、あれよあれよと値段が刻まれる。ボルテージが急上昇する会場を煽りながら、栗林は冷静沈着で、ひとつの札も見逃すまいと隅々まで視線を送り、場の空気を支配している。

そのとき、となりに座る妻が、祈るように両手を組んで、きつく目を閉じている姿が横目に入った。なんといじらしい。感動の涙さえこみあげる。やっぱり妻は、俺のことを応援してくれているんだ、まだ信じようとしてくれているんだ。ここ数日間、妻とは休戦状態がつづいており、平和といってもいい日々だった。妻の実家から自宅に戻ってきた娘は、部活があるので今日ここに来られなかったが、今朝は久しぶりに口をきいてくれた。

――お母さんのために頑張ってよね。

目を逸らしながらも、応援の言葉もかけてくれた。

——おう、頑張るからな！　お父さんに任せろ！

今更なにをどう頑張ればいいのかわからないが、安村は調子よく答えた。

このオークションが終われば、自分は娘にも妻にも、ついに見直してもらえるだろう。

会社のボーナスなんて比にならない額が、銀行口座にどんと振り込まれるからだ。今度こそ、その金は家族のためだけに使おう。買ってやりたいものは沢山ある。思い出をつくるために、ハワイかどこかに旅行してもいい。自分たちの輝く未来を思い浮かべていると、自然と笑みが漏れた。

そろそろ五百万を超えた頃かな、と思って壇上を見ると、テンポよく更新されていた金額が、いつのまにかストップしている。

「つぎは二百万、二百万です。まだまだ競りはこれからですが、よろしい？」

えっ、二百万？　まだそんな額なの？

ふり返ると、十以上は挙がっていただろうパドルが、すべて消えている。

「ど、どういうこと？」

妻が震える声で呟き、安村の腕をゆする。

安村も同じように訊きたかった。

みんな、ちゃんと作品を見ているのか？　こんなに立派な藍上さんの大作だぞ？　保存状態もよくて、彼のキャリアのなかでも重要な一点だぞ？　予想落札額は、五百万。勝負はまだまだこれからだ。

が、心中の問いかけもむなしく、壇上の栗林社長が、渋い顔でハンマーを手に取る。

おいおい、待ってくれ！　一人一人に本当にそれでいいのか確かめて！　札を挙げるように仕向けて！　敏腕オークショニアとしての実力を発揮してくださいよ！

しかし、あっけなくハンマーは振り下ろされた。

カンッ。こんなに寒々しい音を、安村は人生で聞いたことがなかった。

不穏なムードを切り替えるように、栗林社長は声を張った。

「では、つぎの作品に参りましょう！」

安村は弱々しく「だめだった」と呟いた。落札予想価格を大きく下回ってしまった場合、取引は成立せずに「不落札」という屈辱の烙印が捺される。

悔し涙がこみあげ、慌てて服の袖でぬぐった。

そのとき安村の鼓膜を、小さな低い声が震わせた。

「なぜなの……なぜ……」

一瞬、誰の声なのかわからなかった。

丑の刻参りに遭遇したような、怨念に満ちた響きがあった。

声の方を向くと、妻が眉間に深いしわを寄せ、目を血走らせている。

「し、仕方ないよ。俺だって泣きたいよ」

「泣きたい……ですって？」

鋭く睨まれ、悲鳴を上げそうになる。

あなたはいつもそうなのよ、と言われたように聞こえたが、妻の声は口のなかでくぐもり不明瞭で、こちらに話しかけているわけではなさそうだ。むしろ、目の前にいる夫の姿さえ視界に入っておらず、宙に向かって呟いている。

「おい、しっかりしろ！」

手を握ろうとすると、蚊を潰すように勢いよく叩かれた。

妻は泣いていなかった。悲しんでいるわけでもない。

妻はただ、怒っている。いや、激怒している。

こんなにも感情をあらわにした妻を、安村は結婚して以来、ただの一度も見たことはなかった。いや、これは妻なのだろうか。まったくの別人のようだ。

妻のただならぬ気迫のせいで、安村の悔し涙は完全に引っこんだ。

自分たちの落胆と混乱をよそに、セールスは順調に進んでいく。雲行きのあやしさを断ち切るように、つぎの現代絵画には多くの入札が集まって、一千万円を超える高値で落札された。ハンマーが振り下ろされたとき、会場ではまばらに拍手まで起こった。予想額を三倍も上回ったらしい。

近くに座っていた来場者二人組の会話が、否応なしに耳に届く。

「最初の作品には白けたが、調子が出てきたじゃないか。やっぱオークションはこうじゃなくちゃね」

「ほんとだな。不落札になったんじゃ、出品した人も面目が立たないよな。俺だったら恥ずかしくて、誰とも顔を合わさないように隠れて帰るよ」

丸聞こえだぞ、馬鹿にするな。

せめて妻には聞こえていませんように。

恐ろしさの余り、妻の反応を確かめる勇気はなかった。

壇上にはつぎつぎと作品が現れ、パドルが挙がったり下がったりして、最後にはハンマーの心地よい音とともに、盛大な拍手が起こる。拍手がなかったのは、はじめの藍上作品のときだけだった。

会場は高揚し、どんどん人が増えて、満席になりつつあった。心なしか、場内の気温まで上昇している。しかし自分と妻だけは時間が止まり、他の結果など耳に入らず、どこかで嘲笑されているように感じた。

やがて会場が、わっと沸いた。壇上に本日の目玉作品のうちの一点、ピカソの陶芸品が現れたからだ。手袋をはめたスタッフが慎重に展示台の上に置く。完璧な美しさをたたえたその一点は、情けない自分とは無縁の気高さを誇っていた。

＊

例の陶芸品が現れるのを、熊坂羽奈は、最後列の端の方から見ていた。

さっきまで空席が目立ったのに、とたんに大勢が入ってきて、最後列なのに両隣も埋まっている。

壇上でスポットライトを当てられた、本当は自分がつくったのにピカソ作と銘打たれている壺を睨みながら、羽奈は反吐が出そうだった。すべてが嘘で塗り固められている。壺の作者だけではない。池岡のような男が今ものさばっていること。キュレーターら評価する者の審美眼。あれは、さまざまな欺瞞を寄せ集めた産物だ。

あれさえなければ――。

羽奈は強く胸が締めつけられ、自分の無力さが許せなくなった。

「では、みなさん、お待たせいたしました。いよいよピカソの陶芸品が登場します。今回のオークションでは、ウォーホルの大作と並んで注目が集まっています。最初は、三百万円から」

オークショニアが展示台の壺を手で示しながらよどみなく紹介する。その瞬間、目の前で多くの札が一斉に挙がった。ざっと数えて数十人はいる。思った以上にずっと人気があるではないか。羽奈は激しい眩暈に襲われ、その場に倒れ込みそうになる。

「はい、そちらの紳士の手が挙がりました。三百五十」

すぐさま別角度を向いて、手で合図する。

「あちらのご婦人から、四百万円」

はじめは五十万刻みらしい。

あっというまに八百を超えて、つぎは二十五万刻みになった。

もうやめて。もう誰も、札を挙げないで。

しかし羽奈の願いも虚しく、値段はどんどん吊り上がる。壇上でハンマーを握るオークショニアの額にも、汗が光っていた。最初は大勢挙がった札も、いつのまにか絞り込まれて三人の戦いになっている。そのうちの一人は、羽奈が内覧会場で見かけた外国人キュレーターだった。

「いよいよ九百万の入札がありました。いかがですか？」

そのとき、さきほどまで羽奈がマークしていた三人以外に、新しく会場の脇にある電話席で待機していた男性スタッフからも手が挙がった。男性スタッフは受話器を片手に入札しており、匿名の入札者が参戦したようだ。会場にどよめきが起こり、本格化する戦いにますます注目が集まる。

羽奈はぎゅっと目をつむった。もう無理だ。

意を決し、席を立ちあがる。後方には、立ち見がずらりと並んでいた。「すみません、通してください」と、小声で断りを入れながら、羽奈は急いで廊下に出た。羽奈の足は迷わず、火災報知機へと向かう。早くしなくちゃ。息が上がって、乱れた呼吸音が、鼓膜に響いた。心臓のどくどくいう音もうるさい。

火災報知機の前で仁王立ちし、深呼吸をした。

あれさえなければ――。

もう嘘から目を逸らすのも、バレやしないかと怯えるのも、歪んだ優越感にひたるのも、全部終わりにしたい。これを押せば、すべてが終わる。これを押せば、これを押せば。目を閉じたまま、指を伸ばす。その先に、ボタンがあるはずだった。

だが、届かなかった。途中で、その手を、誰かに摑まれたからだ。

「間に合った」

低くて静かな声だった。よく知っているあの声。

驚きすぎて、羽奈は飛びあがった。

指を摑んでいたのは、美紅だった。

「やっぱり、あなただったのね」

息も切れ切れなので、走って追いかけてきたようだ。その形相は厳しい。

「な、なに？　なんの話？」

「今、あなたがしようとしていたことは、犯罪行為そのものよ。爆破予告だってあなたの仕業なんでしょ」

まさか、そんなことをするわけない。と、すぐさま疑惑を否定するべきなのに、言葉が出てこない。心臓がバクバクと脈打って、呼吸するのでやっとだ。一方で、美紅は残酷なほど冷淡につづける。

「あなたは駆け出しの頃に、ピカソの贋作をつくった。たしかにピカソの陶芸品はよくわかっていない部分も多くて、偽物が出回っているから、あなたの実力があればそう難しくはなかったでしょうね。でもあなたは、ひとつだけミスを犯した。わかりづらいけど、あの作品には贋作者のイニシャルが刻まれている。H・K。デフォルメされているから気がつく人はいなかった。でもあなたの行動と照らし合わせれば、意味は明らかよ」

美紅はいったん区切り、息を吐いた。

「だからあなたは強硬手段に出た。今朝スタッフに確認したら、今日のオークションが開催されるのかを問い合わせる、ちょっと不審な電話が一度だけあったという報告を受けたわ。念のため録音を聞いてみたら、間違いなくあなたの声だった。あの問い合わせは、爆破予告の効果があったかどうかを確かめるためだったんじゃない？」

まさか、そこまで見抜かれていたとは。

「わ、私は……」

泣きださずに立っているのでやっとだった。

「これ以上、間違いを重ねないで。あなたは才能のある陶芸家なのに――」

才能、という言葉に過剰反応してしまう。

「やめて！　冬城さんになにがわかるっていうのよ！　そもそも高校時代に冬城さんが同じような台詞で焚きつけて、私を調子に乗せなければ、こんなことにはならなかった。私がどれだけ苦労をしたか……あなたのせいでもあるわ」

支離滅裂だったが、美紅は言い返さず、冷たく睨むだけだった。

恨み節が止まらない。

「冬城さんは昔から頭がよくて、堂々として完璧で、今はこんな華やかな仕事に就いて、高給もらって働いている。それに比べて私は、泥まみれで工房の経営も崖っぷち。あなたにわかるわけがないわ！」

羽奈は勢い余って、美紅を突き飛ばした。

数歩よろめいたものの、美紅は動じない表情で訊ねる。

「騙されたんでしょ？」

羽奈は固まる。

「どうせ、優しいあなたのことだから、悪い画商に騙されたんだろうと思った。池岡だったんじゃないの？　彼が会場に来ているのを見て、嫌な予感が的中したわ。前にも似た噂があったの。いいように言いくるめられて、ピカソの複製品をつくって納品したのに、気がついたときには贋作として取引されていた。違うかしら？」

羽奈は腰が抜けて、その場でへたり込んでしまう。

美紅は頭が切れることは知っていたが、ここまでとは思わなかった。

ごめんなさい、私が全部悪かったの――。

溢れでる涙を我慢できず、いっそすべてを懺悔（ざんげ）したくなる。

しかし、果たしてその資格が自分にあるのだろうか。あのとき、自分はピカソの陶芸品を真似しながら、卑劣にも楽しんでいた。これは世界で一番出来栄えのいい偽物だと誇らしくさえあった。そんな本音まで、美紅は受け容れてくれるだろうか。さまざまな葛藤が駆け巡る。

そのとき一番恐ろしいことが、やっとわかった。

誰かに強制されたのではなく、本当は、自ら手を染めたという事実。

いつでも止められた。いつでもノーと言えた。轆轤（ろくろ）の前に縛りつけられ、筆を握らされたわけではない。それなのに、偽物を世に送り出し、長いあいだ放置してしまったのは、つまらない虚栄心と、認められたいという欲望のせいだった。救いようがない。自分の悪事を直視することが、羽奈はなによりも怖かった。

そのとき、甲高（かんだか）い音が頭上に鳴り響いた。

非常ベルの音だと理解するのに、数秒かかった。

身じろぎもできず、美紅と顔を見合わせる。珍しく狼狽えた顔がそこにはあった。羽奈の指はもう完全にスイッチから離れている。というか、今は廊下の床にへたり込んでいた。

*

凜太郎は、ピカソの陶芸品が壇上に現れ、入札がはじまったとき、会場の隅で両手を組んで祈っていた。ハンマーを握る栗林社長は、贋作疑惑を受けて、最後まで取り下げをすべきか迷っている様子だったが、今では何事もなかったかのように、すべての入札者に目を配りながら進めている。

「すごい人気ですね」

凜太郎はとなりに立つ美紅に小声で囁(ささや)くが、返事はない。顔を上げると、美紅は会場の一点をじっと見つめている。視線を追うと、最後列の片隅に、見覚えのある人物が座っていた。陶芸家の熊坂羽奈ではないか。

「もう帰ったのかと思っていました」

「そんな訳ないでしょ」

そのとき、羽奈が席を立った。

美紅も弾かれたように、いつのまにか満員になった会場の通路を突き進んで、出口へと向かおうとする。しかし寸前のところで、思いがけない人物から声をかけられた。アイザックだった。

「警告したのに」と、アイザック。

美紅は通りすぎようとするが、アイザックは阻むように手で制しながら「君たちには失望したよ」と訴える。

「悪いけど、今おしゃべりしている暇はない」

しかしアイザックは、立ちはだかったまま動こうとしない。

「あ、あの！　僕が代わりに話を聞きますんで。美紅さん、行ってください！」

凜太郎はアイザックを押しのけ、美紅が通り抜けるスペースを確保する。

「僕は美紅さんのアシスタントで、小洗凜太郎です」

名刺を差しだすが、「知ってる」と冷たくあしらわれ、アイザックは「下っ端と話すつもりはない」と、壇上の方へ視線を戻した。まさか、美紅に取りあってもらえなくて傷ついている？

急いで廊下に出て美紅を追いかけると、火災報知機の前で対峙している二人の姿を見つけた。「美紅さん！」と走り寄ろうとしたとき、非常ベルの甲高い音が鳴り響いた。熊坂羽奈はその場にしゃがみこんでいるので、彼女がボタンを押したわけではない。

では、誰が？

まさか本当に、火災が起こっているのか？

しかし、その場の状況を把握するよりも早く、会場の出入口から人が飛びだしてくる。

彼らはスタッフ証を下げた凜太郎のことを見つけるなり、「火事ってこと？」「どこに逃げればいい？」「美術品は無事なの？」と声をかけてくる。

「みなさま、いったん落ち着いてください」

そう呼びかけるあいだも、つぎつぎに人が出てくる。なかには混乱のあまり、ぶつかったり大声を出したりする来場者もいた。このままでは事故が起きかねない。とくに出入口や廊下は狭い。

「スタッフの誘導に従ってください！」

マイク越しに社長の声が響いた。会場のあちこちで待機していたスタッフや警備員が、いっせいに対応をはじめる。東オクでは毎年二回、全員参加で防災訓練を徹底してきた背景もあるうえ、直前に爆破予告があって警察に相談していたので、警備チームの動きはじつにスムーズだった。

会場後方にいた客から、順番に廊下から階段に誘導し、エントランスを通って外に案内する。建物の前は広場になっており、しばらく待機する空間は十分に確保されていた。凜太郎は他の担当顧客と話している美紅のことをすぐに発見できたが、羽奈はどこにも見当たらない。

　美紅と目が合って、彼女は首を左右に振る。

熊坂さんを捜してちょうだい――美紅の瞳がそう告げていた。

凜太郎は会場内へ引き返し、人混みをかき分けていく。遠くはないのに、やけに長い道のりに感じる。出入口のドアを、小柄な女性がくぐっていく。

「熊坂さん！」

羽奈はふり返らなかった。

「待ってください！」

もう一度叫ぶが、出入口の前で人とぶつかった。

どこに行くつもりだ？

つぎの瞬間、羽奈は壇上に飛びのった。

そして、そこにあった壺を手にとり、高々と天に掲げた。

「お、落ち着いて」

凜太郎が咄嗟に声を張りあげると、羽奈は壺を持ったまま、こちらをふり返った。目が据わっている。

「すべての創造は破壊からはじまる！」

羽奈は、まるで宣誓文でも読みあげるように、はっきりとした口調で言い放った。残っていた来場者の数名が、羽奈の方に視線を向ける。羽奈はそのことに構う様子はなく、勢いよく壺を振りあげた。

「やめろ！」

凜太郎が叫ぶのと、羽奈が壺を床に叩きつけるのは同時だった。

*

非常ベルが鳴り響いたとき、水久保は咄嗟に、コダマの作品は無事かと考えた。無事を確認するまでは、会場から出るわけにはいかない。警備員やスタッフの誘導を無視して、逆方向に走りだす。

「どこに行くんですか、水久保さん！」

オークションに同席していたアシスタントから呼びとめられる。

「コダマの作品が燃えるかもしれないんだぞ、救いださなくちゃ」

「大丈夫ですよ、火も煙も見えませんし、誤作動の可能性が高いです、スタッフの方に任せましょう」

「なにを言ってるんだ！　自分のところの作品を守れなくて、なにがギャラリストだ！」

舞台袖に向かおうとするが、警備員に取り押さえられる。

「お客様、落ち着いて避難してください！」

水久保は手足を振りまわして抵抗する。

「ダメだダメだ、作品も一緒だ！　自分だけ逃げるなんてありえない」

コダマから受けとった大切な《ダリの葡萄》が炎のなかでメラメラと黒く変色していくイメージが、はっきりと脳内に浮かんだ。この世で唯一無二の宝物が、灰になってしまう。それは水久保にとって、真の絶望を意味していた。たとえコダマが自分の画廊から離脱しても、作品が残り、誰かに大切にしてもらえるなら、まだ受け入れられる。でも燃えてしまえば、二度と元には戻せない。かけがえのない一点なのに。作品だけは助けなくちゃいけない。

――どうか君の葡萄を、僕に守らせてくれないだろうか？

あの約束を、そう簡単に破るわけにはいかない。

「誰か、火を消すものをください、消火器じゃなく、毛布のようなものを！」

無理やりバックヤードへ向かおうとするが、警備員ともみ合いになった。

「水久保さん、なにしてるの！」

その声で、全身の力が抜ける。

「コダマ……」

その日、会場で離れた席に座っていたコダマと、皮肉なことに、はじめて目を合わせて言葉を交わした。

「早く逃げましょう」

「でも、君の作品が——」

「そんなの、燃えたとしたって、また描けばいいんだから！　あなたになにかあったらどうするのさ」

一喝されて、水久保は目が覚める。コダマが自分のことを心配してくれている。その事実に気がついたとたん、その場にへたり込みそうになる。

「そ、そうだな」

喜びを誤魔化すように肯いて、警備員に詫び、建物の外へと向かう。

一緒に歩くコダマの顔を、まともに見られない。

また描けばいい、とコダマは咄嗟に言ってくれたけれど、描いたところで、もうミズクボギャラリーは辞めると言ったじゃないか。

正式にうちを離脱したいと告げるメールを受けとってから、まだ二十四時間も経っていない。水久保の方も、オークションが終わってからゆっくり話そう、とその場しのぎの返事しかできていなかった。

気まずい空気に耐えながら、水久保はコダマとともに、広場の人だかりから離れたところに移動した。避難した来場者には年配の人も多く、どこから駆けつけたのか救護班の姿もあった。とはいえ、避難の指示が迅速だったこともあり、怪我人はおらず、そこまでの混乱は起こっていない。非常事態を面白がるような雰囲気さえあった。

「さっき、すごかったね」

コダマがぽつりと呟き、水久保は背筋を正す。

「ああ、すごい音だったな」

「じゃなくて、水久保さんのことだよ。本気で僕の作品を守ろうとしてたでしょ」

「……まぁ、そうだけど、結局、守れなかった。もう燃えているかもしれない」

想像するだけで、悔しくて項垂れる。

「嬉しかったよ」

思いがけない一言に、水久保は「えっ？」と顔を上げた。

「僕もじつは、遠くから水久保さんのことを捜していたんだ。そしたら、水久保さんは大声を張りあげながら、作品を残して自分だけ逃げるなんてありえないって暴れてて、正直ちょっと笑っちゃった。いい大人が、なに暴れてんのって」

コダマはほほ笑んだ。

「おいおい、笑うなよ。必死だったんだ」

「うん。わかってるよ、十分ね」

コダマは笑みを消して、真剣な表情になってつづける。「だから、声をかけずにはいられなかったんだ。やっぱり水久保さんは、僕の作品に愛情を持って、ずっと接してきてくれていたんだなって伝わったから」

不謹慎かもしれないが、火災が起こってくれてよかったと思った。

このますべてがうまくいってくれ、とも。

「コダマ。どうか俺のことを許してくれ――」

そう切り出したとき、誰かに背中を叩かれた。

「水久保さん、こちらにいらっしゃったんですね！」

ふり返ると、立っていたのはコーディネーターの鷹倉チェリーだった。彼女には結局、計画を白紙に戻すことを伝えられないままだったので、今もっとも会いたくない相手である。彼女はこちらの空気を読まず、いかに非常ベルに驚いたかをぺらぺらと語った。コダマの方をふり返ると、さきほどまでのリラックスした表情から一変して強張っている。二人を引き離そうにも、避難の最中でそれもままならなかった。

どうやら鷹倉チェリーは、目の前にいる若者が、例のコダマレイであるとは認識していないようだった。サクラ計画を企てている作品の作者なのに、顔すら調べていないのか。やはり鷹倉チェリーにとっては、アーティスト個人の人生などは関係なく、単なる取引に過ぎないのだ。

「それで、今スタッフの方に確認したところ、非常ベルが鳴った原因は不明みたいですが、実際の火災は発生していないようです。会場の安全確認をしているそうですから、運がよければ、コダマさんの競りも予定通りに再開されるんじゃないでしょうか？」

「そ、そうですか」と、目が泳いでしまう。

「今日のために、いろいろと悩んでいらしたわけですから、中止になっちゃ、拍子抜けしますよね」

鷹倉チェリーが思わせぶりにほほ笑み、水久保は冷や汗が噴きだす。

これ以上余計なことを言わないでくれ。

「あの、僕、コダマレイといいます」

コダマが一歩前に出て、鷹倉チェリーを睨みつけた。

「あら、あなたが？　はじめまして。お会いできて光栄です」

明るく挨拶をするのを遮って、コダマは口調を強める。

「はっきり言います。もう水久保さんに近づかないでもらえますか？　サクラのこともうバレていますよ。悪い噂をこれ以上流されたくなければ、今日のオークションでは手を引いてください」

鷹倉チェリーは困ったように肩をすくめただけで、取り乱す様子もなく、コダマを上目遣いで見返した。

「そう言われましても、私はただ、水久保さんからの依頼を受けただけです。そして、水久保さんが私に相談を持ちかけたのは、ギャラリーの経営が危ういからではないのでしょうか？　その原因はもとをただせば、所属アーティストが魅力的な作品をつくっていないからだと存じますが」

コダマは微動だにせず、目を見開いた。鷹倉チェリーはくすりと笑った。

「余計なことを言って、ごめんなさい」

彼女はコダマの肩にそっと触れたあと、水久保に向かって「では、のちほど」と小さく頭を下げて去った。

水久保は呆然と立ち尽くした。仮にコダマとの関係を修復できても、ギャラリーが経営不振で存続の危機に追いやられていることに変化はない。このまま手を打たなければ、自分のギャラリーは沈みゆく泥船なのだ。コダマを引き留めることは罪ではないか。

「水久保さん。どうしてはっきり言ってくれないのさ？」

コダマの低い声がして、われに返る。

「申し訳ない……俺はもう、正直どうしたらいいのかわからないんだ。君たちアーティストのためにいくら頑張っても、無駄なあがきでしかない。いや、正確に言えば、逆効果でさえある……」

「だからって、違法行為に手を染めるの？　もう、どの水久保さんを信じればいいのかわからなくて、僕はついていけないよ」

コダマは悲しい目で一瞥しただけで、離れていく。

幸せなひとときが、蜃気楼（しんきろう）のように遠ざかっていた。

＊

なぜ藍上清の《無題》は不落札になったのだろう。

安村は何度考えても、わからなかった。オークションには魔物がいる、と以前、コレクター仲間から聞いたことを思い出す。幸運が重なって、誰もが驚くような作品が高値になることもあれば、ささいな理由で名品が不落札になる。競りは予測不可能だから、絶対にオークションには出さない、というコレクターもいる。

それにしても、妻の佳代子の様子はずっとおかしかった。

なにもない壁の方を向いて、どこか一点を睨みつづけている。安村には見えない幽霊や幻覚でも、佳代子には見えているのだろうか。不気味でさえあった。とはいえ、今の安村が、不用意に妻に声をかけて刺激するのは自殺行為である。ああ、早く終わってくれ。

ピカソの壺の入札が佳境に入ったとき、佳代子がとつぜん席を立った。

「ど、どうした？」

答えないので、安村も仕方なくあとを追う。佳代子が出ていった廊下の先に、火災報知機があった。さっきまで佳代子が念を送っていたのは、壁を隔てた向こう側にある、あれだったのか、と安村はやっと理解する。

佳代子は迷うことなく、赤い丸の中央にあるボタンに指を置く。そして、ゆっくりと力強く押しつけた。

妻の一連の行動は、安村の目に、まるでスローモーションのようにうつった。

はっ？　なにをしているんだ！

しかし安村が声を上げるよりも早く、頭上から空気を切り裂くような甲高い音が鳴り響いた。

当然、オークショニアや周囲の客は、非常ベルを鳴らしたのが佳代子だとは気がついていない。みんな競りに集中していたうえに、廊下は他に人がいなかった。こんなふうに、会場の集中が逸れて、火災報知機の周りに人がいなくなるタイミングを、佳代子は狙っていたのかもしれない。

「火事ってこと？」「どこに逃げればいい？」と、声が飛んでくる。

「みなさま、すぐに原因を調べます！　いったん落ち着いてください――」

会場の反対側から、小洗や他のスタッフの声が聞こえたと思ったら、社長がマイクで「スタッフの誘導に従ってください！」と冷静に制する。

安村は血の気が引いた。

「大変なことになってるじゃないか！」

「そうね」と、佳代子は無表情で答える。

「もう結果は変わらないんだぞ？　こんなことをしても、不落札をなかったことになんてできないんだぞ？」

「わかってるわ。でも、おかげでスッキリしたわ」

佳代子は断言し、ほほ笑んだ。

あまりに晴れやかな笑みだったので、安村はゾッとする。

「……もしかして、前から計画してたのか？」

「まさか。私だって暇じゃないわ。さっき偶然、別の火災報知機の前で、深刻な顔をした人を見かけたの。たぶんその人も、私と同じ気持ちでいたんじゃないかしら」

「同じ気持ちって？」

「オークションもアートも、くそ食らえって気持ちよ」

佳代子は語気を強めた。

「その人を見かけて、私にもアイデアが浮かんだ。藍上の競りが失敗すれば、このボタンを押して、全部台無しにすればいいって」

「そ、そんな……だからって……」

安村が両手で顔を覆うと、佳代子は大声を張りあげた。

「もう全部、滅茶苦茶にしてやりたかったのよ！　アートだの投資だのって、聞こえのいいことばかり言って、なんの痛痒もなく人を不幸のどん底に突き落とす。今日はじめてオークションを見学して、あなただけが悪いんじゃないってわかったわ。ここにいる全員に、腹が立って仕方ない」

支離滅裂なのに、佳代子のなかで滾る憎しみに圧され、反論できない。

自分は妻を、これほど追い詰めていたのか。正気を失わせるほどに、妻を苦しめていたのか。猛省するが、もう遅い。もう終わりだった。妻も、自分も。

サイレン音にかき回されるように、建物の外に向かって逃げまどう人たちを呆然と眺めながら、安村はその場に立ち尽くす。

「おい、安村さん」

そのとき、肩を叩いてきたのは、まさかの藍上潔だった。

藍上は呆れたように妻の方を指さした。

「今、あんたの奥さん、わざとそのボタン押しただろ」

目撃されていたのか。よりにもよって藍上に。最悪だ。

「藍上さん、申し訳ありません！　どうか妻のことは黙っていていただけないでしょうか」

土下座をする勢いで、低く頭を下げる。

「は？ なに言ってんだ。仮に俺が黙ってても、俺の他にも、奥さんの行動を目撃したやつはいるぞ。それに、見逃すにはあまりにもひどい状況になってるじゃないか、どう責任をとるんだ」と、藍上は周囲を見回し、唾を飛ばして怒鳴る。「それに、傍で聞いていたら、奥さん、あなたは間違ってますよ。アートを馬鹿にしちゃいけないよ！」

藍上も、自分の作品が不落札になって気が立っているのだろうか、喧嘩腰だ。

安村が焦るのをよそに、佳代子が「なんですって？」と、真顔でふり返った。

「私は間違っていませんし、事実を言ってるだけです。あなたもこの世界では有名な画家だかなんだか知りませんけど、はっきり言って、世間一般ではほとんど認知されていませんからね。なにより、あんなに大きくて俺すごいだろ的な絵を描いたわりに、あっけなく不落札だなんて情けない」

「おい、そんな無礼な言い方はないんじゃねぇか！」

藍上が佳代子にじりじりと近づくところを、安村は止めに入る。

藍上だって、今日の結果にショックを受けているに違いない。自棄でどんな行動をとるかわからない。

「申し訳ありません、妻はアートに関してなんの知識もなくて、動揺して失礼なことを申しているだけなんです」

しかし安村のフォローは、かえって佳代子の怒りに油を注いだ。

「知識がなきゃ発言権もないなんて、アート業界ってうんざりするほどに排他的な世界なのね。ますます嫌悪感を抱くわ。あとね、藍上さん。今回さんざんな結果だったのに、ずいぶんと偉そうな物言いをなさるじゃない？　夫はあなたのせいで、こんなに恥をかかされたんですよ。あなたに真の才能があったら、夫はもっと幸せなはずでした。これはあなたの責任でもありますよね？」

　藍上が悔しそうに唇を噛みしめる。佳代子と結婚して何十年も経つが、こんなにも弁が立つとは知らなかった。困惑するばかりだった安村も、藍上に同情しつつ、つい佳代子の物言いに惚れ惚れしてしまう。しかし藍上も藍上で、プライドを傷つけられたまま黙ってはいない。

「なに言ってんだ！　あんたの亭主は、好き好んで俺の作品を買ったんだろ？　俺は押し売りしたわけでもなきゃ、その場にさえいなかった。それなのに、なんで俺のせいにされなきゃいけないんだ？　俺に文句をつける前に、亭主の見る目のなさを呪いな」

「もちろん、夫に審美眼はない。これっぽっちもね。ただ知ったような顔をするのが上手いだけです。それは私も認めます」

　えっ、認めちゃうのか。

「でもあなたにだって責任はありますよ、藍上さん。あなたは人様に自分の作品を買ってもらっている以上、世間に才能を証明しつづけなければならない。それは応援してくれている人たち全員への義務です。義務を果たせないのは情けないし、あなた自身の力不足が原因に他なりません。その罪深さを認めなさい！」

藍上は頬を紅潮させ、髪を逆立てんばかりに佳代子を睨みつける。暴力に訴えないとも限らない勢いなので、安村は冷や冷やしっぱなしだ。それなのに、佳代子は藍上を煽るように言いつのる。

「つまり、あなたも含めて、ここにいる全員が、虚栄心の塊か、その被害者なのよ。もううんざり。そんな醜い集団から金を巻き上げようなんて、芸術家も、このオークション会社で働いている人たちも、みんな詐欺師よ！　恥を知れ！」

佳代子は一気に人がいなくなった会場を見渡しながら、そう叫んだ。

叫び声を聞きつけたのか、警備員が走ってくる。

「そこの三人、早く避難指示に従ってください」

「避難する必要はありません。火災報知機を押したのは私です」

佳代子は聖女のような穏やかさで告白した。

一人だけ切り替えが早すぎて、ついていけない。藍上も同じらしく、不完全燃焼といった感じで口をパクパクさせている。

「えっ？」と、警備員も頓狂な声を上げる。

「火事があったわけではありません。申し訳ありませんでした」

「では、いたずらということですか？」

「いたずらというわけでもないんですが」

「と、とにかく詳しく話を聞かせてください」

走ってきた別の警備員とともに、バックヤードへと促されるあいだも、佳代子はまったく抵抗する素振りを見せなかった。ただ藍上だけが、怒りの矛先を奪われたことに納得がいかないのか、「言っておくが、俺の作品は海外のオークションじゃもっとずっと高値で売れてんだからな。一億近い金額で取引されたこともあるんだぞ」と、追いすがるように叫んでいる。佳代子は安村に向かって勝ち誇ったように、私の言った通りでしょと言わんばかりの視線を投げた。

そのとき、男性の悲鳴が聞こえた。

「やめろ！」

見ると、小洗が壇上にいる女性と対峙していた。

ガチャンッという、なにかが粉砕される激しい音が響く。展示台にあったはずのピカソの壺が、床の上で割れていた。

＊

バックヤードには二人の女性が連れていかれた。一人は安村の妻である佳代子、もう一人は熊坂羽奈だった。佳代子の方は、そこまで罪は重くない。単なる腹いせで火災報知機を押しただけなので、事情の聞き取りもそこそこに打ち切られた。

それに比べて、羽奈の方は厄介だった。

「あの壺は、ピカソの作品なんかじゃありません。画商である池岡さんの指示で、私が昔つくった贋作に過ぎないんです」

警察が来るまでのあいだ、羽奈は投げかけられる質問にすらすらと答えた。協力的といってもいい態度だった。その場には、ピカソの壺の担当者だった香織や、出品者であるコレクターの永野の姿もある。

「まさか、信じないぞ」と、永野は激しく反論する。「あの壺は間違いなくピカソだ。贋作なわけがないだろう」

「まぁまぁ、落ち着いて」と、栗林社長がとりなす。

「社長、落ち着くなんて無理です。壊されたあの壺には、古いサーティフィケーションも添付されていますし、取り扱い画廊のステッカーだって何枚も内箱に貼られている。東オクの方々にも十分な査定をしていただいたでしょ?」

永野は香織の方をふり返ったが、香織は気まずそうに目を逸らした。贋作疑惑を知っていて出品を取り下げないと主張したのは他ならぬ香織なので、下手なことを言って墓穴を掘るのを恐れているのかもしれない。

「なにより、人様の私物を、あんなふうに壊すなんて、犯罪以外のなにものでもないじゃないか」

永野の叫びにも動じず、羽奈は低い声で主張する。

「でも、本当なんです。これ以上嘘をついて、騙される人をつくりたくなかった。この作品が市場に流通しつづける限り、私は自分を許せず、うしろめたさを抱えながら、生きていかなければならない。だから、この作品を破壊するしかなかったんです。私にはどうやっても止められなかったから」

羽奈は両手で顔を覆い、その場で泣き崩れた。その背中に、旧友であることは周囲に黙っている美紅が、そっと手を置く。その絶望的な姿を見ながら、凜太郎はもう、彼女の言う通り、その壺は贋作だと認めずにはいられない。どれだけの罪悪感が、この肩にのしかかっていたのだろう。大変な事態に陥らせた張本人であることを一瞬忘れ、羽奈に同情してしまう。しかし、永野の態度は変わらなかった。

「いや、みなさん、これこそ彼女の作り話ですよ。だって、あり得ると思いますか?こんなにも大勢が、ピカソの壺だと太鼓判を捺した作品なんですよ？　こちらの外国の方だって、オークションのときに札を挙げてらっしゃったじゃないですか。ねぇ？」

永野の視線の先には、ロンドンから来たという香織の知人のキュレーターが立っていた。香織が通訳をはさむと、大きく肯いてしゃべりはじめる。

「私はロンドンの美術館で近代美術を研究していますが、もしこれが本当に贋作ならば、あちらの陶芸家の女性は天才です。ただ、その場合、素晴らしい才能が、卑劣な犯罪に使われたことは残念ですが」

それを聞いた羽奈は顔を伏せたが、キュレーターは構わずに、羽奈に冷たい視線を送りながらつづける。

「ときに私たちはプロとはいえ、間違った鑑定をしてしまいます。世界中の美術館所蔵品の一割は贋作である、とよく言われるほどですからね。だからこそ、関わっている専門機関は、しかるべき対応をすべきなのです。とくにオークションハウスはね」

彼は早口ながら、ときおり吃音（きつおん）が混じっていた。キュレーターとして贋作を見抜けなかった恥ずかしさと、プライドを傷つけられた憤りのせいだろうか。

「本当に、東オクでは十分な調査をしたのですか？」

キュレーターは社長を睨んだ。

「ええ、もちろん」

「贋作だという疑いを持たなかったのですか?」

　社長は黙ったまま、天を仰ぐ。これ以上、嘘をつくのは限界だ、と白旗を上げそうな気配があった。でもここで認めれば訴訟問題に発展しかねない。事実、東オクはアイザックからの指摘で、その可能性に気がついていたのに、オークションを決行した。その経緯が明るみに出れば、世間から羽奈と共犯だと受け止められても仕方ない。そうなれば、東オクは、ただでさえ順調とはいえない経営の状況下で、顧客からの信頼をすべて失う。もう終わりだった。

「たしかに、あの壺は贋作です」

　バックヤードの隅から声がして、全員がふり返った。発言したのは社長ではなく、アイザックだった。どこから入ってきたのか、アイザックは周囲に有無を言わせない物腰で、テーブルの上に鑑定結果の資料を広げた。

「私はキャサリンズ東京支店の者ですが、似たようなピカソの偽物の問い合わせがありましてね。おかしいと思って調査をしたら、贋作だとわかりました。あなた、この壺もつくったんですか?」

　羽奈は目を丸くした。

「はい……間違いありません。こっちの方は出来栄えが悪かったので、模造品としても売れないだろうと、とっくに忘れていましたが……」

「なるほど。彼女の証言だけで結論を出すのは早急ですが、科学調査をすれば、はっきりするでしょう」

「そ、そんな……」

永野は声を震わせながら訊ねる。

「東オクは本当に、そのことを知らなかったんですか？　キャサリンズから問い合わせや報告を受けなかったんですか？」

ああ、もう駄目だ。凜太郎は目をぎゅっと閉じる。

「弊社からは、なんの報告もしていません」

「本当ですか？」と、永野。

驚きの余りアイザックを見ると、腹のうちの読めぬ顔で説明をはじめる。

「うちの作品の調査が終わったのは、セールスがはじまる直前です。東オクのみなさんは準備の真っ最中で、この結果を知る余裕もありませんでした。そもそも仮に彼らの調査が足りなかったとしても、オークションハウスに真贋鑑定の責任を負わせるのはお門違いだ。われわれオークションハウスは、玉石混交ある作品を平等に扱うことが仕事で、その質を判断するのは落札者ですからね。それとも、あなたのキュレーターという肩書はなんのためについているのですか？」

キュレーターはぐうの音も出ないようだ。

それにしても、あのアイザックが助け船を出してくれるなんて――。

呆気にとられる凜太郎をよそに、アイザックはつづける。

「だからこそ、オークションハウスでは、取引成立後その作品が贋作だとわかった場合は払い戻しに応じる、という規程を第一に設けています。言ってみれば、落札者の意向に委ねられているんですよ」

「ちょ、待ってください」と、永野が挙手し、涙声で訴える。「しかし壊されたのは、競りが成立する前で、あくまで私の所有品だった。私はまだ信じませんが、贋作疑惑まで持ちあがっている。結局、私だけが大損をした、ということになるじゃないですか」

膝から崩れ落ちた永野に声をかけたのは、社長だった。

「いえ、そうとも限りません。保険をかけているでしょう」

永野は「あ」と目を見開き、みるみる明るい表情になった。

「……そうか！　かけています！」

「このたびはご迷惑をおかけし、大変申し訳ありません。ですが、不幸中の幸いとして、永野さんもわれわれ東京オークションもあの作品には保険をかけている。今後の保険会社とのやりとり次第ですが、東オクでは全面的に協力します」

社長は深々と頭を下げるが、永野は社長の主張に賛同したのか、もう気持ちを切り替えたらしく「いえいえ、もういいんですよ」と態度をふたたび一変させる。

「キャサリンズの方がおっしゃる通り、私にも、作品の真価を見抜けなかったという責任があります。それに、冷静に考えれば、贋作だとわかった以上、壊れてよかったという側面もある気もします」

早々と気持ちを切り替えて笑う永野を見ながら、なんとか場が丸くおさまってよかったと凛太郎は安堵する。キュレーターは最後までバツが悪そうにしていたが、それ以上抗議はしてこなかった。

羽奈は器物損壊の容疑で、まもなく現れた警察に連れていかれた。一瞬、近くに立っていた美紅に、なにか言いたそうに視線を投げたが、そのまま去っていった。凛太郎はふと例の爆破予告のことを思い出したが、口に出す必要はないと思った。

午後四時過ぎ、オークションが再開することになった。火災の発生はなく、会場の安全が素早く確認されたのと、まだ競りが終わっていない半分ほどの作品への問い合わせが多かったからだ。東オク社内では、中止にすべきという意見もあったが、ありがたいことに、ほとんどの顧客は帰らずに会場にとどまっていた。

ふたたび栗林社長がオークショニアとして壇上に上がったとき、拍手さえ起こった。

その様子を見届けたアイザックが、会場から去っていく。

凛太郎はアイザックの背中を追いかけて、「あの」と声をかけた。

「ありがとうございました」

アイザックはふり返ると、眉をひそめて答える。

「君のためになにかしたか？」

「いえ、僕がお礼を言う筋合いはないのかもしれません。でも僕は、あなたのことを誤解していました。申し訳ありません。やっぱりアイザックさんは、社長に恩義を感じていらっしゃるんですね」

アイザックは凜太郎を見据えてから、鼻で嗤った。

「君は若いね」

「ど、どういう意味ですか」

「私のことを単純な悪者として、軽く見ていたんだろう。私にとっては、東オクがあっけなく潰れてしまうのもつまらないのさ」

アイザックは上品な香水のフレグランスを残したまま、颯爽と去っていった。

＊

オークションが再開され、ふたたび作品が壇上に運びあげられたとき、会場から拍手が起こった。さきほどより一割は減ったとはいえ、会場にはまだ大勢のアートファンが残っている。ここまで来れば、この日のオークションを最後まで見届けたいという、団結したムードに包まれていた。

コダマの《ダリの葡萄》の順番が回ってくるまで、あと三作品。

水久保は固唾をのんで、会場を見守っている。

「さっき競りにかけられていたピカソの壺、割られたらしいですよ。しかも噂によると贋作だったとか」

となりに座っているミズクボギャラリーのアシスタントが、なにやらスマホをいじりながら声をかけてくる。

「そうなのか？」

「見てください」

掲げられたスマホの画面には、早くもＳＮＳに流されたという、まさにさっきの壺が壇上で割られる瞬間が、動画で再生されていた。犯行におよぶ女性の、どこか覚悟を決めたような表情が、水久保の心を揺り動かす。なぜか涙さえ込みあげる。心に湧いてくるこの強い感情がなんなのか、自分でもよくわからなかった。

「非常ボタンを勝手に押したり、どさくさに紛れて作品を壊したり、今日はめちゃくちゃな客ばかりですね。しかも一人は警察に連れていかれたらしいですし。自分には信じられませんよ。後先を考えないんでしょうか？」

　こちらの変化に気がつかないアシスタントは、愉快そうに話しつづける。水久保は呟いた。

「後先を考えられなくなるときが、人にはあるんだよ」

「えっ、なにかおっしゃいました？」

　水久保はなにも答えなかった。答えたくなかった。今のこの気持ちをうまく説明できないし、説明したとたんに陳腐になりそうだ。代わりに自分のSNSをひらくと、たしかに水久保の知り合いも例の動画を拡散していた。水久保は心ここにあらずで、ピカソの偽物が割られるその瞬間をくり返し見ていた。

　そうか、自分は羨ましいんだ。

　壺を壊した女性のことが、水久保には眩しくてたまらなかった。既存のシステムや価値基準に反抗するように、迷いのない顔つきで壺を床に叩きつけた女性の姿が、水久保の目には英雄としてうつった。そして、もっと知りたかった。なぜこんなことをしたのか、心ゆくまで語らいたかった。

「いよいよコダマさんの作品ですね」

　アシスタントの声でわれに返り、水久保はスマホから顔を上げる。壇上には昔コダマ本人から買い取った特別な絵、《ダリの葡萄》があった。自分とコダマとの絆を象徴するような一点であり、ギャラリストとして独立する覚悟を決めるときに、何度も鑑賞した一点でもある。

「俺はどうやって、自分の行動に責任をとればいい?」

何度も自問してきたフレーズが、口をつく。

アシスタントは「えっ?」と目をしばたたかせている。

しかし、水久保は答えが欲しいわけではなかった。

「つづいては、コダマレイの《ダリの葡萄》。二百万円からのスタートです」

壇上に立つ栗林社長が声を張ると、会場では十を超える札が上がった。ひとまず入札があってよかった。つかの間、安堵しているうちに、みるみる金額は跳ね上がり、あっというまに予想落札額である五百万円を超えた。

「そちらの前方の男性から、五百五十万。ありがとうございます。冬城さんの対応する電話口から、六百万円。つぎは六百五十万円ですが、いかがでしょうか?」

競りあっていた前方の男性が、首を左右に振った。降りたのだ。

「六百万円で、冬城さんの電話口の方が入札。他に、いらっしゃいませんか?」

栗林社長が会場を見渡したとき、ついに桜井の札が上がった。

「そちらのご婦人から、六百五十をいただきました」

桜井は一瞬、水久保のいる方向をふり返る。見ていてちょうだい、と言わんばかりにほほ笑まれ、水久保は拳を固く握りこんだ。どうしよう。

「よかった、桜井さん！　入札してくれましたね」

アシスタントが小声で歓喜するが、水久保は罪悪感で胸がふさがる。たとえセクハラされても、無茶で横柄な態度をとられても、桜井はミズクボギャラリーのことを応援してくれている貴重な客には違いない。そんな桜井を騙すような真似をして、本当に許されるのだろうか。

「冬城さんから、もう一度札が上がりました。ただし、六百八十万円。細かく刻んでいます。そちらのご婦人はいかがしますか？」

すぐさま桜井が手で合図を返す。

「七百万！　ご婦人からの入札がありました。冬城さん、どうしますか？」

美紅は受話器を置いて、首を左右に振った。電話口の顧客は、勝負を諦めたらしい。このまま終われば、桜井が競り勝つ。しかも当初聞いていた予算ぴったりで。

「では、七百万円！　よろしいですね？」

社長がハンマーを下ろそうとした瞬間、会場の端にいたスーツ姿の男性が、高く手を挙げた。しかも札をまっすぐに立てている。それは刻み方を増やして百万を上乗せするという合図だった。

「八百万の入札がありました」

それまで戦いを見守りながら静まり返っていた会場で、歓声が起こった。札を挙げたのは誰かと、身を乗り出している来場者もいる。しかし水久保には、見なくても正体がわかった。鷹倉チェリーが手配したサクラである。

「ご婦人より、八百五十万円！」

なにも知らない桜井は、口を真一文字に結んで再び手を挙げた。

しかし当然、スーツ姿の男性は譲らず、すかさず金額を吊り上げる。

「九百五十万の入札がありました。つぎは一千万円になります。若手の作品としては記録的な数字ですが、いかがでしょうか？」

さすがの桜井も、予算を三百万も上回る金額を、そう簡単に決断することはできないようだ。実際、桜井は微動だにせず、ハンカチを握りしめながら、栗林社長を睨んでいる。栗林社長の額にも、汗が滲んでいた。

どうか、諦めてくれないだろうか——。

水久保は痛いほど両手を組んで、桜井が札を挙げないことを祈った。そうなれば、サクラは失敗したことになり、水久保にもある程度の損害は生じるが、桜井は不当な額を支払わずに済む。

しかし願いも虚しく、桜井が人差し指を挙げた。入札の合図だった。

「一千万！　そちらのご婦人から、入札がありました」

栗林社長は芝居がかった口調でそう言い放ち、会場がこの日一番の大盛り上がりを見せる。拍手喝采がわっと起こるが、桜井はすでに己の判断の正しさを疑っているのか、青ざめて目を泳がせていた。

そのとき、スーツ姿の男性が一瞬、にやりと笑うのがわかった。彼はゆっくりと首を左右に振って、競りから降りることを栗林社長に伝える。自分の仕事は終わった、とサクラは判断したのだ。

全身から汗が噴き出し、手の震えが止まらなくなる。叫びだしたいのに、喉の奥がカラカラに渇いて、かすれた呼吸音しか出てこない。

「では、よろしいですね？　一千万円で、そちらのご婦人の落札になります」

もし計画がバレたら、桜井はミズクボギャラリーを訴えるかもしれない。それに間違いなく、コダマからの信頼を完全に失うだろう。せっかく仲直りしかけたのに。水久保は頭をフル回転させて、自分がすべきことを考えた。どうやったら止められるか。

「待ってください！」

驚いたことに、声を張り上げたのは、自分自身だった。その右手は、高らかに天へ伸びている。汗がぽたりと顎(あご)から落ちた。

「一千五十万！」と、水久保は叫んだ。

会場で静かなどよめきが起こる。

「えっ、ちょっと、水久保さん、なに言ってるんですか!?　せっかく桜井さんが高値で落札してくれそうだったのに」

アシスタントが腕をつかんで訴えるのも、水久保は構わなかった。目を丸くしている栗林社長に向かって、手を挙げつづける。ふり返った桜井が、目を見開いて「どういうこと？」と困惑している。

予定していなかった入札なので、水久保は番号が書かれた札(パドル)さえ持っておらず、東オクのスタッフが慌てて近づいてくる。札を受けとり、正式に栗林社長に見せてから、水久保は言い放つ。

「コダマの作品の価値を証明するのは、僕だ！」

騒然としていた会場は、水を打ったように静まり返った。

競りを諦めたはずのスーツ姿の男性が、わけがわからないという感じでぎこちなく札を挙げる。その視線の先には、同じく困惑した様子の鷹倉チェリーがいた。

「一千百万円！」と、社長が声を張り上げる。

「一千百五十万！」と、すかさず水久保がかぶせた。

何度入札されても、絶対に食らいつく。もう迷いはなかった。

鷹倉チェリーが席を立つのが見えた。スーツ姿の男性も首を左右に振る。

勝負は決まった。栗林社長が咳払いをして、「では、一千百五十万、そちらの男性でよろしいですね？」と高らかに告げた。ハンマーの音が鳴るのと、「水久保さん！」というコダマの声が飛んできたのは、同時だった。

数席離れたところにいたコダマが、席を分け入って水久保に抱きついてくる。コダマの抱擁を受け入れながら、水久保は会場を見回す。みんなに注目されていた。冷静さを取り戻すうちに、自分がしたことの意味がわかってくる。出品者自らが、とんでもない高値で作品を落札したのだ。しかし、ルール違反ではない。

「すみません、でも手放したくなったんです。問題ありませんよね？」

水久保は壇上にいる栗林社長に直接、大声で語りかけた。

「ええ、ご心配なく。たとえ落札者が、出品したギャラリスト本人だとしても、取引に問題はありません。もちろん、手数料はいただきますがね」

茶目っ気のある返答に、会場が笑いに包まれ、やがて、あたたかい拍手に変わった。

「思いがけない結果の余韻に浸りたいところですが、時間は限られています。さて、つぎの作品に行きましょう」

栗林社長が気を取り直すようにそうアナウンスすると、来場者の関心はそちらへうつっていく。

「本当にいいの？」と、コダマが訊ねた。

「ああ、これが僕の答えだよ。オークション会社への手数料は、君の作品価値を市場で証明するための必要経費だと考えよう」

「……ありがとう」

水久保の手を握るコダマの目には、うっすらと涙が滲んでいた。桜井の方を見ると、彼女は顔をしかめながらも、なぜかハンカチで目頭を押さえている。スーツ姿の男性が会場から出ていくのが見えた。代わりに目が合ったのは、会場後方の少し高いところのＶＩＰ席にいた冬城美紅だった。美紅はこちらを満足げに見下ろしながら、小さく拍手してくる。

ふと、美紅のとなりに立つ若い女性に、見覚えがあるような気がした。たしか彼女は富永グループの令嬢だ。今のを見て、なにか思ってくれただろうか。うちの顧客になってくれたらいいのに。

＊

ＶＩＰ席で見守っていた姫奈子は、美紅のとなりで、もらい泣きをしそうだった。

というのも、美紅や凜太郎から、ミズクボギャラリーは経営が厳しく、所属アーティストであるコダマの《ダリの葡萄》の競りで勝負をかけているのだという事情を、少しだけ聞いていたからだ。これほど劇的な展開があるだろうか。

美紅の横顔を見ると、穏やかな表情で水久保とコダマを見つめている。

「こうなることを予想してたの？」

根拠のない、ただ思いつきの質問だったが、口に出したとたんに信ぴょう性を帯びる。

「まさか」と、美紅は表情を変えずに首を左右に振った。「ですが、ミズクボギャラリーはきっと立ち直る、コダマくんと一緒に。そう信じてはおりました」

今度ミズクボギャラリーに足を運んでみよう。コダマの作品についても、美紅にコンセプトを聞いたときに関心を持っていたので、何点か買って応援してもいい。美紅の意向に沿いすぎているようで、ちょっと悔しい部分もあるが、自分には素直さが足りないという自覚もあった。

そう、素直になりたい。そんな気持ちは今回、東オクの人たちと出会ったおかげで起きた変化だった。悲しみや嬉しさ、誰かを思いやったり恨んだりする気持ち、すべてを誰かに預けて、素直に生きていきたい。そうすれば、自他をむやみに傷つけずに済むんじゃないか。姫奈子は深呼吸をして、美紅の方を向く。

「あなたのこと、全然信じられなかったの」

美紅は黙ったまま、視線を返してくる。

「最初に会った日のパーティで、安村さんから、オークションには女神がいるって聞かされたの。正直、はぁ？って思った。顧客の方が偉いはずでしょって。でもこれまで美紅さんと話したり、他の人に対応している姿を見かけたり、小洗さんや他のコレクターからも美紅さんのことを聞いたりするうちに、少しずつ私の考えも変わった」

「どんなふうに変わったのかを、お伺いしても？」

「たしかに女神がいなければ、オークションの秩序は保たれない。それに女神は、高慢で冷徹そうな印象があったけど、本当は誰よりも人情に厚かった。安村さんの言う通りだったわ。なんやかんやで、みんなを幸せにしてる。だから私も信じたくなった」

姫奈子がそう告げると、美紅は神々しくほほ笑んだ。

そのとき、ハンマーの音が鳴って、会場で拍手が起こった。いよいよウォーホルの《一九二枚の一ドル札》の入札がはじまる。壇上にあった作品が撤去され、巨大なカンヴァスが運びこまれる。

「では、楽しんでくださいませ」

「そうね」

姫奈子と握手を交わし、一礼をしてVIP席を去っていく美紅を見送ってから、姫奈子は改めて壇上に現れたウォーホルの大作を眺めた。ついに、このときが来てしまった。美紅の笑顔をお守りのように思い浮かべながら、姫奈子は入札パドルをぐっと握りしめた。

# エピローグ

貸し切りになったレストランを訪れると、夜の東京湾が一望できた。

「お疲れ様です、小洗さん」

入口の近くで待機していた、ミズクボギャラリーの新しいアシスタントが、凜太郎に頭を下げた。最近ミズクボギャラリーは、何名かのスタッフを追加で採用しており、海外のアートフェアにも意欲的に参加しているようだ。今日このレストランで、有明界隈のアート関係者を招いた親睦会を主催してくれたのも、水久保だった。手土産のワインを預けると、背後から声が飛んでくる。

「もう、やっと来た、凜ちゃん」

席についていた富永姫奈子が手招きをしている。

「すみません、少し遅くなりました」

「美紅さんは？」

「まだオフィスにいます」

「えー。凜ちゃんが引っ張って連れてこないとダメじゃん」

姫奈子は不満げに唇を尖らせた。

前回のオークションのあと、シニアマネージャーに出世した美紅は、今は管理職を兼ねながら忙しく働いている。

女性では異例といえるような美紅の昇進には、じつは姫奈子が大きく寄与した。姫奈子がウォーホルの《一九二枚の一ドル札》を東オクの史上最高額で落札したおかげで、美紅は社内でも圧倒的な実力を見せつける形になった。あれほど美紅を毛嫌いしていた香織も、少なくとも表面的にはおとなしく美紅に従っている。

「そうそう。姫奈子さまから頼まれていた作品の価格表を持ってきましたよ」

凜太郎は鞄からファイルを出して、姫奈子に手渡す。

姫奈子はその後もちょくちょく美紅に会いにきたり、一緒に画廊を巡ったりもしているらしい。東オクのセールスだけではなく、広くアート市場に関心を持ちはじめた。姫奈子に対して、美紅は自分が姉のように接し、全面的にサポートしている。このファイルも、美紅が無償で紹介した老舗画廊から受け取った、作品の金額が記された資料だった。姫奈子は「ありがとう」と感激した様子でファイルを受け取り、内容に目を通しはじめる。

そのとき、水久保が腰を低くしながら現れた。

「忙しいなか来てくれてありがとう、小洗くん」

「美紅さんはまだオフィスなんだって」と、姫奈子がとなりから水久保に向かって言う。

姫奈子は持っていた価格表を水久保に見せて、あれやこれやと作品についての相談をはじめる。水久保は自分のところの作品ではなくとも、専門的な視点から的確なアドバイスをくれるらしく、姫奈子も頼りにしているようだった。

「お二人、すっかり仲良くなられたんですね」

「姫奈子さんはコダマだけじゃなく、うちの他の作家も応援してくれているんだよ」

水久保が笑顔で言い、凜太郎は「へぇ」と目を丸くする。

コダマの《ダリの葡萄》を自ら競り落とした直後、ミズクボギャラリーはしばらく厳しい状況がつづいた。落札額が高額になれば、オークション会社へ支払う手数料も膨らむからだ。だが幸運なことに、業界では一連の出来事が驚きとともに広く伝わり、ミズクボギャラリーは所属アーティストを大切にする人情味あふれた画廊だ、と評判になった。おかげで、ベンチャー企業の社長など若年層コレクターを中心に、新規顧客の開拓が進み、思いがけずギャラリーの経営も持ち直したのだった。

姫奈子とわいわいと話す水久保を見ながら、凜太郎は涙ぐみそうになる。パーティには大勢のコレクターの姿もあった。

「そうだね。一時期は倒産寸前のところまで追い込まれたから。でも今は、なんとか軌道に乗ってるよ」

「コダマさんはお元気ですか?」

「うん。彼も今は売り上げの心配をせず、描くことに集中しているんだ。今日も一応ここに誘ったけど、つぎの個展の準備が忙しくて、どうしても無理だって」

「会えないのは残念ですが、楽しみですね」

水久保は笑顔で肯いた。

レストランの奥には、安村の姿もあった。凜太郎は水久保と姫奈子に断りを入れて、安村に話しかけにいく。安村は相変わらず、周囲の関係者に講釈を垂れているが、身に着けているスーツは多少地味になっていた。

「ご無沙汰しています、安村さん。先日は、おめでとうございました」

声をかけると、安村は照れ臭そうに頭に手をやった。

「小洗さんじゃないの。ありがとう。これで、妻との関係も少しは前向きにやり直せるといいんだけど」

安村は不落札となった藍上潔の《無題》の結果を真摯に受け止めたらしく、しばらく顔を見せなかった。ところが、いつのまにか別の作品をキャサリンズに持ち込んでおり、アイザックが持ち前の手腕であざやかに商談をまとめてみせたという。結果そこまで高額で売れたわけではないものの、離婚は免れたようだ。

「佳代子さんとはどうですか、その後?」

「事件直後は、離婚寸前だったんだけど、誠心誠意、謝りつづけて今に至るよ。正直、新しい作品を買いたくてうずうずしているけど、当分は妻のために我慢だね。売ることはあっても、買うことはしません」

「そうしてくださいね! ちなみに、今日安村さんがここに来ているのは、奥さんもご存じなんですか?」

「もちろんさ。娘の弁当作りも含めて家事を全部やって、なんとか一回分、来るのを許してもらった感じだよ」

よくある言い方をすれば、すっかり尻にしかれているようだ。夫婦の関係性だけでなく、安村自身もなんだか変わった。前のような成金っぽさがなく、親しみやすい。そして、今の方がずっといい。

「そうだ、このオークション、知ってる?」

安村はジャケットの内ポケットからスマホを出す。

画面にうつっていたのは、見覚えのある壺の欠片だった。かつて壺だったとかろうじてわかる体裁を保った、十センチほどの陶片だ。

「もしかして、熊坂羽奈さんの贋作の?」

「その通りだよ! すごいと思わないかい? 今度、都内のギャラリーで小規模なオークションにかけられるらしいんだ」

「はー、そんなことが」

あのオークションの日、羽奈は警察に連れていかれたあと、すべての罪を自白したが、贋作として売り出されてから十何年も経っているために、時効が成立していた。よって法的には一切罪を問われず、爆破予告の件についても、うやむやに終わった。

偽ピカソの壺の持ち主だった永野は、結局、訴えを起こすべきは熊坂羽奈に対してではなく、池岡なのだと気がついたようだが、実際に動きはないままだ。永野としても、贋作であることを受け入れたとたんに愛着を失ったのと、結果的に十分すぎる保険金が舞い込んだので不服はなかったのだろう。東オクは社長の意向で、偽ピカソだと見抜けなかった責任を真摯に受けとめ、羽奈への被害届を提出しなかった。

さらに、もうひとつ意外なことが起こった。

羽奈が偽ピカソの壺を破壊する瞬間をうつし、「すべての創造は破壊からはじまる」というピカソの名言をテロップで入れた動画が、ネットで拡散され、アーティスト界隈を中心に大きな話題を呼んだ。その壺は、贋作師自らによって破壊された贋作、ということで一部の関係者に面白がられ、なぜか神格化までされたらしい。奇妙にも、こうして別のオークションで転売されるに至ったようだ。

「羽奈さんとしては、こんなつもりはなかったでしょうけどね」

「つくづく才能のある人だね」と、安村は知ったような顔で言う。そういう問題じゃないのでは、と凜太郎はモヤッとするが、今回は偽物前提で取引されているので、羽奈もある程度は納得できるような気がした。

「おっと、いけない。そろそろお暇しなきゃ、妻に叱られる」

安村は腕時計を見ると、慌てた様子で鞄を肩にかけ直し、まわりに挨拶をしながらそそくさと去っていく。凜太郎はレストランの出入口まで出て、その姿を見送りながら、ホッと一息ついた。

凜太郎は相変わらず、美紅のアシスタントとしてサポートに徹しながら、新しい顧客層の開拓や作品の発掘など仕事の幅も増えている。あの日のセールスでは、美術オークションの楽しさより恐ろしさの方を強く味わうことになったが、東オクで頑張りたいという決意も固まった。

「なにぼんやり突っ立ってるの」

一日激務をこなしたとは思えない、華麗なる立ち姿の美紅がこちらを見ていた。反射的に背筋が伸びて、「す、すみません！」とつい謝ってしまう。もう結構長く一緒に働いているのに、まだ全然慣れない。

「さぁ、行くわよ。ぼんやりしている暇はないから」

光に溢れた店内へ入っていく美紅のうしろ姿は、今日も神々しかった。

◆初出　双葉社文芸総合サイト「COLORFUL」
二〇二三年一一月一五日～二〇二四年一〇月一六日

◆この物語はフィクションです。
実在の人物、団体などには一切関係ありません。

双葉文庫

い-63-02

オークションの女神(めがみ)

2025年3月15日　第1刷発行

【著者】
一色(いっしき)さゆり

【発行者】
箕浦克史
【発行所】
株式会社双葉社
〒162-8540 東京都新宿区東五軒町3番28号
［電話］03-5261-4818(営業部)　03-5261-4831(編集部)
www.futabasha.co.jp(双葉社の書籍・コミックが買えます)
【印刷所】
中央精版印刷株式会社
【製本所】
中央精版印刷株式会社

【フォーマット・デザイン】
日下潤一



ISBN978-4-575-52833-6 C0193
Printed in Japan